好きに生きても大丈夫

いつも人に気を遣ってばかりで
自分を見失ってしまったあなたへ

ユン・ジョンウン 著
簗田順子 訳

プロローグ

週に二、三日、講義をして物書きの収入を補う、という生活を始めて十年になる。十年間、作家として生きてきたけど相変わらず物書きは難しく、三十六年間、ユン・ジョンウンとして生きてきたけど自分を理解するのは難しい。

それだけじゃない。この前、バックで駐車しようとして、左のドアミラーをぶつけた。ドライバー歴十六年なのに！　なかなか車幅の感覚をつかめない。他にもある。足首までの靴下をはくのが習慣になっていて、冬はいつも足が冷たかった。けれど、友達がハイソックスをはいているのを見て「ああ、冬はハイソックスをはけばいいんだ」と気づいた。ハイソックスをはくとあったかい。未だに人生はわからないことだらけで、私はスキだらけ。

こんな私が、ママとしては三年しか生きていないのだから育児もやっぱり難しい。出産後、子どもが可愛くてすべてを与えても惜しくないという気持ちより、子どもによって自分の人生が変わっていくのが怖いという気持ちが大きかった。

可愛い我が子のためにすべきことがこんなにたくさんあるなんて……。子どもを育てるのは想像以上につらいことだってどうして誰も教えてくれなかったの？　混乱してしまう。

以前の私はしたいことがはっきりしていて、世の中が私の夢のとおりに動いてくれると確信していた。人生は私におおむね好意的で、転んでもその痛みをじっくり味わう余裕があった。好きとか嫌いとかいう感情は、自分の意志でコントロールできると信じていたし、人間関係の温度調節も可能だと思っていた。熱いときは熱く、冷たいときは冷たくなれる自由にあふれていた。

あのころは本当に知らなかった。結婚、出産、育児のせいで「良いママ、良い妻、良い嫁」コンプレックスに陥るなんて。子どもを産むために仕事を減らし、周囲を幸せにするために気配りし、テレビドラマに出てくる「良い既婚女性」を目指して生きているうちに、本当に自分が消えてしまった。他人の目にはバランスが取れていて幸せそうに見えたかもしれないけれど、いつも心のどこかでじれったかった。

「三歳児神話」にとらわれて、社会生活をせず子育てに専念していたある日、自分自身にひどく失望した。子どもが遊んでほしくて脚にしがみついているのに、私は一日中子どものそばにいてあげたんだという思いで、疲れてケータイしか見ていなかった。どういうこと？　ほんとにこれが母子の幸せになる道なの？

そのときから自分の気持ちに正直になり、生活を見直した。再び仕事を始め、興味のあったカリキュラムを受講した。自分のための人生を取り戻した今、ひとり息子のチホと一緒にいるときはなるべくケータイを見ないようにしている。子どもの目を見ながら一緒に笑う。あっという間に大きくなってしまう可愛い姿をせっせと目に焼き付けている。

とてもよく笑うチホが音楽に合わせてお尻をふりふりしながら踊っている姿を見ていると、満ち足りた幸福感が体中に広がっていく。チホの笑いが大きくなるほど、その笑いが乾き切ってしまわないように守ってやりたいと思う。

私が出会った男の中で、私の「愛してる」という言葉をいちばん多く聞いているチホ。数え切れないくらい愛の告白をさせてくれるチホは、利己的な私に、生まれて初めて何とか人の役に立っていると感じさせてくれる。

毎日家でチホの帰りを待ちながら、あったかいごはんを用意してあげるママにはなれないけれど、チホの悩みと幸せと人生を共有する一生の友であり、愛する人になりたい。チホには私が「幸せな」ママだったと記憶していてほしい。

与えられた人生にベストを尽くし、失敗と苦難を乗り越えていく姿勢を遺してやりたい。幸せに仕事をしながら主体的に生きていく姿を、体を張って見せてやりたいと思っている。

読んで書く人生、絵を描き音楽を聴いて、旅をしながら風の音に合わせて動く、予定にない道を歩く人生を生きたい。九十歳になっても赤い口紅を塗って身なりを整え、仕事が終わったらケラケラ笑いながらグラスをぶつけ合える知人がそばにいる。それが私の夢。

そうやって生きるために、ママとして、女として、ユン・ジョンウンとして生きるために、踊りたいときに体を揺らすことを恥ずかしがらない自分であり続けたい。この本はそんな話でいっぱいだ。

contents

第二章

やりたいことが何だかわからない私へ

第三章

君に会って知ったこと

第四章

寂しさに とらわれないために

第五章

自由に生きるために

第六章

自分と一緒に
ずっと幸せになる

第一章

他人の視線から自由になる

生きるってほんと花みたい

ついてないときというのはあるもので、良くないことが一気にどっと押し寄せる。耐えることに飽き飽きしてうんざりするころ、人生ってやつは、いいこと一つ程度投げつけて、「ほら、生きていればもっといいことがあるかもしれないよ。耐えてみるかい?」とじらすようだけれど、私は負けない。


「まったく花みたいな人生!!」

耐え難いことが起こるたびそう口にする。

咲いては散り、咲いては散る花みたい。

華やかに咲き誇るには、根を張るための時間が必要だから、つらいことがあるたびに、それを栄養分だと思って、花がきれいに咲くのを想像しながら耐えている。

生きるってほんと花みたい、と言うと、人生が美しく感じられる。
今日の疲れも明日は萎れ、新しい花が咲くような気がする。

花のように生きよう。
口にしたことがかなうから。
花のように夢のように、
そんな人生が花開くから。

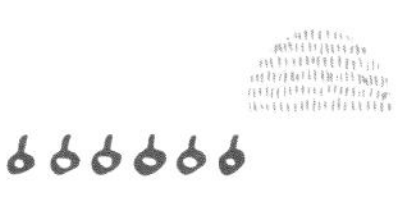

仕事にはどんな意味がある？

仕事って、私にとって何だろう。
好きな仕事をしながら生きる幸運を享受しているけれど、ときどき、仕事に自分を合わせるべきか、仕事を自分に合わせるべきか、わからなくなることがある。会社員として生活していたときより、多くの時間をかけて仕事をしているけれど、疲れよりも時間不足のほうがうらめしい。

今年で文章を書き始めて二十二年、作家を職業にしてから十年になる。一時は物書きで食べていけると期待して、結局がっかりしたこともあったし、書きたいものと現実が違って挫折したこともあった。

原稿料だけでは、ひと月の生活費には到底及ばず、どうやって生きていこうか悩んで泣きに泣いた。

そんな中でも、粘り強く文章を書き、コンテストに応募して、本を出すことだけはやめなかった。理想と実力の差を認め、書けるものを書いた。まるで畑違いの分野でコラムの依頼が来ても、忠実にテーマに沿って原稿を書き、原稿料で食べていけないときには講義をした。

自分が好きな仕事、物書きで食べていくのではなく、自分ができる仕事、講義で食べていこうと決めてからもう十年になる。今では物書きと講義の両方とも仕事になり、どちらも好きな仕事になっている。

話すことと書くことはどちらも難しいけれど、人の前に立つのは特に難しい。あがり症で、出演した番組が丸ごと編集されたのをきっかけに、塾に講師として就職し二年間、人前で話す練習をしたことで、人前でもだいぶ緊張しなくなった。

それでも講義のたびに緊張して「大丈夫、楽しめばいい、楽しく遊んでこよう！」と、心の中で数十回叫ばないと講義室に入れない。はた目には講義する私の姿はいかにも話す仕事を楽しんでいるように見えるのだろうけれど、実際は講義が終わって緊張が解けると、全身がうずきだす。

好きなことがお金になるなら、いいことずくめだろうけれど、たいていは好きなことがお金になるまで耐えきれずにあきらめる。現実に負けてしまうことも多い。

だったら、今している仕事を好きになることは可能なの？

歌手パク・ウォンの『努力』という歌の中に「愛そうと努力するなんて話になるかい」という歌詞がある。こういう感情はどうしようもなくても、仕事は努力すれば好きになると思う。

会社員時代にできる仕事を好きになろうと努力したら、本当に好きになったことがある。ひところ、「好きな仕事をするべきだ」ブームが起き、自分の仕事や職場に満足できない会社員たちからの悩み相談が相次いだ。好きな仕事をしながら生きるのは幸せなのかという質問もかなり多かった。

実際、本を読むのが好きな本オタクの私が作家として生きているのは、完璧なオタ業一致（オタクと仕事が一致すること）。これを維持するためには会社員時代の数倍の努力が必要で、経済的に不安定になることもあるけれど、そういったことを喜んで受け入れることができるほど、好きな仕事をしながら暮らす人生は素晴らしい。好きな仕事をしながら生活を安定させるのが今年の目標。

みんながみんな、好きなことをしながら生きてはいけないけれど「好きなことをしながら生きていけない人はどうすればいいの？」という問いかけに私は、している仕事を好きになろうと努力するとか、帰宅してから好きなことをしてストレスを解消するよう努力してはどうかと答えた。どこか無責任で無味乾燥な答えのようだけれど（だって私を見つめるまなざしが「あんたは好きなことしながら生きてるじゃん！」と無言で訴えているんだもの）、他に方法なんてあるのかな？

三人の子どもがいて妻が専業主婦の一家の主が、歌手になりたいからと四十過ぎてから会社を辞めて夢にチャレンジするのは無謀なことだと私たちは思っている。それよりも、ずっとなじんできた仕事でお金を稼ぎ米を買って積み立てに励み税金を払って、歌手を目指す人たちのためにレコーディングをしてくれるボーカルスクールに通うとか、社会人バンドで活動しながら渇きを潤すほうが、生活を脅かさない現実的な方法だと思う。

それでも、好きな仕事をしながら生きていきたいという熱望はそうそう簡単には冷めないはず。だから公営企業で働きながら好きな服を作ってネットショップを開いている知人もいるし、スタートアップ（起業）を会社員生活と両立させている人もいる。レゴオタクでおもちゃ会社に入社して好きなことと職業が一致した人もいるし、ゲームにハマってゲーム会社に入り開発者になった人もいる。アートディレクターがカフェを開くケースもあるし、趣味でブログを開設していた人がパワーブロガーになって、SNSマーケティングの専門家として活躍していたりもする。

好きなことがお金になることはあるかもしれないけれど、趣味が仕事になったら、好きだったことが嫌いになるかもしれない。

あなたにとって仕事って何だろう。
私たちにとって仕事って何だろう。

仕事と私は一心同体になれるの？　もし仕事との一心同体を望まないなら、残りの人生で何を見つければいいの？

惰性で意識もせずに仕事をしているだけなら、今この瞬間、しっかり考えよう。

ついてない人は二百歳まで生きるかもしれない、という動画を見た。寿命二百歳が現実なら、今の仕事だけをして生きていくには残りの日々はあまりにも長い。

五十代から、自分の好きなことをお金にしようとしても遅くない長寿の時代。していることが好きだとしても、好きなことをしているのだとしても、一日に最も多くの時間を割くのが「仕事」だから、「仕事の意味」について、一杯のお茶を前に、落ち着いて考えてみてほしい。

わき目もふらず、何かに集中しようと
決心するには、今がぴったりのときだから。

「女」だからこそできること

お正月休み、実家に家族全員が集まった。今年小学校に入学した姪がお姉さんぶってチホと遊んでくれるのを眺めていると、可愛くてニヤッとしてしまう。

ちょこまか君と呼ばれているチホは、食事どきにもあちこち歩き回ってちょっかいを出す。交替でチホの面倒を見なければならないので、夫が食事を済ませてから私がごはんを食べる。食事が終わっても夫がチホを見ていると、姪が訊いた。

「叔母ちゃんが忙しいから、叔父ちゃんが手伝ってチホを見てるの？」

一瞬、頭をガツンと殴られたような気がした。

「チホは家族だよね。叔母ちゃんだけの子どもじゃなく、叔父ちゃんの子どもでもあるんだよ。だから叔父ちゃんは手伝ってるんじゃなくて一緒にチホを見ているの」

幼い姪の問いに答えながら、どうすればこの子たちの時代にこの認識を変えることができるのか考えた。

女性が仕事をしていても、家事と育児をすべて引き受けることが多い現状を変えるには、まず女性の意識が変わるべきだ。そして、家庭と社会で摩擦がないよう、賢明に解決しようという不断の努力も必要。

家事と育児は「手伝ってやる」のではなく「一緒にする」こと。もちろん、どちらかひとりが生計のために仕事をし、もうひとりが家事と育児を引き受けることにしたのなら、平和に各自の役割を全うすればいい。

今までの社会通念では、女性は家で家事をし、男性が外で仕事をすることで家庭が維持されるケースが多かった。けれど、姪が成人する近い将来には、今よりも女性の社会進出がさらに進むはず。そのときにも活発に社会に出ている女性が、結婚して子どもを産んだら職場で不当に扱われ、育休のたびに人の顔色をうかがい、子どもを預けるところがなくて困り果て、結局仕事を辞めてしまうという悲しい現実が繰り返されているのかな？

知人の中に、妻が生活のために働き、夫が家事と育児を担っている夫婦がいる。もちろん彼女が育児や家事をまったくしないのではないけれど、家事と育児に関しては、夫の役割が全然大きい。

「夫」とか「妻」とかいう言葉に引きずられた偏見に惑わされず、我が子の時代には、女性でも男性でもどちらかひとりだけが、結婚後に背負わされる人生の荷物が重いせいで、ぐらつくことがなければいいと思う。

そんな人生が、次の世代で現実になってほしいと願っている。ふたりで力を合わせて家を買い、一緒に子どもを育てる西欧文化をうらやんでばかりいないで。

女だから制約を受けるのではなく、
女だからこそ可能なことがもっと増えますように。

私たちが愛について語り合うこと

二十代のときには友達同士で集まると、何が何でも恋バナが始まった。

勉強や仕事は努力次第で結果が変わるけれど、恋愛だけは努力や決心ではどうにもならない。恋人のささいなひとことや行動を友達と分析し、恋愛で起きるすべての話を共有するのだから、時間はいくらあっても足りない。

男が連絡してこない理由はこの三個。喪中、獄中、アウトオブ眼中。それを知っているのに私たちは、自分の彼だけは違うと信じる。指が折れたからだとか、メチャメチャ照れ屋だからとか、本当に忙しかったからという理由をつけて「彼は私に惚れてない」ことを認めない。

『セックス・アンド・ザ・シティ』のキャリー・ブラッドショーと仲間たちのように同じ思いを分け合い、悪い男は一緒にクサし、ともに失恋に涙し、新しい愛は惜しみなく祝福した。

三十路になるとそろそろ結婚式の招待状を手にするようになり、いくらも待たずに彼女たちのSNSには、色白でほっぺがぷくぷくした子どもがすくすく育つ様子がアップされた。

結婚した友達は子どもを産み、結婚していない友達は恋愛を続けた。過去の別れがつらくてひとりで過ごしたり、結婚直前まで行ったり、別れたり、結婚したけど実家に戻ってきたりして、みんな三十代後半になり四十代を迎えた。

「人生メチャメチャだよ。生まれ変わったら結婚しないで女同士で旅しながら生きていこう」

「ちょっと、気持ち悪いよ！　私は男と旅行するもんね！」

結婚している友達とはこんな話をし、

「もしかしたら、ひとりで生きるのもいいかも。年を気にして無理して結婚する必要あるかな？」

「結婚はしたくないけど子どもは産みたいな。一歳でも若いうちに卵子凍結保存しようと思ってるの」

結婚していない友達はこんな話もする。

私たちの愛の話が変わっていく。

別れを悔やんでいた友達は、離婚に悩み親権についても悩んでいる。三十歳が終わるころ、ようやく本当の愛に出会えたと喜んでいた友達も、別れを迎えた。二十から三十、十の位の数字が変わって愛の話は重くなり、それだけ慎重になった。二十代のころのようにささいなひとことや行動をいちいち友達に話さない。私たちだけで集まって話したところで答えが出ないとわかっているから。

ひょっとしたら悪い男に引っかかるかもしれないけれど、愛した瞬間に本人が幸せだったらそれでいいと、悲しく笑うやり取りも増えた。

「結婚してから愛が冷めたら、残りの人生どうやって生きていく？」という質問を投げかけながら、愛の色が変わっていくのを見守ってもいる。

四十代、五十代、六十代の愛の話はどんなだろう。年を取っても愛について話し続けたいけれど、その年になったら愛の話なんてしなくなるのかな？

健康と老いと子どもの結婚の話にとって代わられるのかな？

「八十歳で恋愛しても同じだよ。年を取るのは体だけで、気持ちは若いときと変わらないの」

五十代後半の知人はこう言う。

夫と死別したおばあちゃんがシニアグループで出会ったおじいちゃんと恋愛を始めたのだけれど、彼の話をしながらときめいている姿が、まるで若い人と同じなのだとか。新しい愛を始めたおじいちゃんとおばあちゃんの春の日のような感情を想像しながら、もしかしたら老年の私たちも愛の話を続けていけるかも、と思った。


チホが大きくなってから語り合う、彼の恋バナもふと気になってきた。

私たちがしてきた美しい愛の話、これから話す愛の話。

「愛」という感情について語り合えるのは、体は老いても心は老いないということなのかも、だったらうれしい。

つらいことだらけのこの時代の癒やし

物書きという職業柄か、もしくは感受性がちょっと強いからかもしれない。軽い躁、うつ、パニック障害みたいな症状がたまにやってくる。カウンセリングを受けたり、薬を飲んだりするほど生活に支障はないので、たいしたことないと思っていた。けれど、たまにうつ症状が耐えられないほど強くなると、むしろ人に会い、外でエネルギーを使い、ワーカホリックみたいに仕事に熱中しようとしている自分を発見する。ゆううつな気分を仕事で追い払う、一種のセルフヒーリング。

ほとんどの女性が経験する妊娠うつや産後うつ、私もやはりひどい目に遭った。妊娠高血圧症候群（訳注：妊娠中毒症）になり、早産の可能性が高くなったので、それを防ぐために入院した。一週間で体重が十キロ増え、病室では三時間ごとに血圧をチェックされた。血圧が上がるんじゃないかと思うと怖くて口もきけず、ベッドで寝ているだけの生活で、すぐにつかみどころのないうつ症状がやってきた。硬い病室のベッドから抜け出すことができるなら、持っているものをすべて差し出してもいいと思った。

なすすべもなく横になり天井を見ていたある日、出版社の編集者から電話があった。

「私、次は癒やし関係のエッセイを書こうと思うの」

ぼそぼそと話をした数日後、血圧が急に二百まで跳ね上がり、胎動が弱くなっていると言われた。妊娠三十二週、緊急手術で体重千百三十グラムの赤ちゃんを出産した。保育器の中にいる我が子を見ながら、助けなきゃ、という責任の重みと恐怖が、うつ症状と一緒にやってきた。

こんなに小さいのに自分で呼吸しているチホを見ながら、人工呼吸器を使わなくて済んだことに感謝し、この子の前ではしっかりしようと踏ん張った。

産後ケアセンターを出て家に戻った日、まるで知らないところにいるような気がした。間違いなく子どもを産んだのに、子どもと一緒に戻れなかった。ベビー服とオムツをいっぱい洗って干していると、とりとめのないゆううつに包まれた。搾乳器で母乳を搾り、チホに飲ませるため家と病院を行き来した。四十数日間、保育器の中で過ごしたチホが家に来た日、二千六百グラムの我が子を抱いて帰ってきたあの日を思うと、今、健康で明るく育ってくれていることがありがたく、チホが愛おしくてたまらない。

喜びとゆううつが代わる代わる押し寄せる心を癒やしてくれたのは、まるまると太っていく我が子と物書きだった。担当編集者の実行力で、産後ケアセンターを出てすぐに出版の契約をし、『癒やしのすべて』(仮邦題)という本を書くことで産後うつを克服できた。

書く人が幸せでないと、いい文章は生まれないと思う。だから原稿を書いている時期には元気な人に会い、できるだけ長く快適な環境に身を置いて、好きな音楽を聴くとかしている。読んでくれる人に良い気持ちを伝えたいから、気分良く原稿が書けるように努力していると、本当に幸せな気分になる。

しつこくまとわりつく産後うつを克服することで、うつが危険な病気であると、あらためて気がついた。

克服する方法を知っているならいいのだけれど、ほとんどの人は忙しくて心の病を気にする暇はない。いや、心が病んでいることにさえ気づいていないケースが多い。押し寄せる無気力とゆううつ感の原因がストレスだと思い込み、つらい心を放っておいて病気が悪化する。

うつやパニック障害の知人が何人かいる。勉強ばかりしてきたKがベンチャー企業を立ち上げてからパニック障害になり、すべてを投げ出したがっているという噂を聞いた。慰めの言葉が見つからず、資料を調べていてこんなものを発見した。

友達や家族が無造作に投げつけた慰めの言葉に、うつの患者はひどく傷つくという内容の『中央日報』（訳注：ソウルに本社を置く大手新聞社の日刊紙）の記事「うつ患者に言ってはいけない六つの慰めの言葉」（二〇一七年一二月一九日　チョン・ウネ記者）。

一つ、「頑張って」。すでに頑張れないほど心の動力をなくした状態だから、「つらいよね」程度の反応がいい。
二つ、「自分の感情は自分でコントロールしなきゃ」。集中力が落ち、不眠の症状も出ている状態で、自分をコントロールするなんて言葉を聞いたら、自尊心がぼろぼろになる。
三つ、「家族のことを考えて」。アドバイスの意図から外れ、自分を責める結果につながってしまう。

この他にも「ポジティブに考えて」「考え方次第だよ」「気持ちわかるよ」などと言うのは、経験したこともないくせに、うつを甘く見ていると思われるので気をつけるべきだと専門家は助言している。また、うつになった人の話を聞いてやるのが最も重要なので、アドバイスのつもりで自分の話だけするのも良くない。

アメリカのジョンズ・ホプキンス大学医学部の某教授によると、うつの原因や症状はそれぞれ違うので、下手な慰めの言葉をかけるより、ひたすら話を聞いてあげるほうがいいらしい。

記事を読んで文句なしに共感した。ある人に弱音を吐いたら、自分はそんな経験もないくせに「みんなそうやって生きてるよ」と言われ、一瞬で、口と心が同時に閉じたことが最近あった。

みんなそうやって生きているのだろうけれど、この人生では初めての経験だから、どうしていいかわからなくてつらい状況なのに、大げさに騒ぐなみたいなアドバイスは毒だと思う。

むしろ「そうなんだ、ほんとにつらかったんだね」と言いながら、余計なことは言わずに、抱きしめて共感してくれるような、温かいまなざしのほうが百倍ありがたい。

周りの誰かがうつやパニック障害だったら、下手な慰めの言葉より、思いっきりなだめて共感してあげよう。現代人にとって風邪みたいな病気だと言うけれど、本人はちょっと触れられただけでも痛いのだから。

明日Kに会ったら、下手な慰めの言葉をかけるより、あったかいごはんをごちそうして話を聞いてあげなくちゃ。ときには精神科の治療より、温かいひとことが人を救うこともあるから。

力になるようなリアクションの練習をしてみよう。

中途半端な社会性を抱えて

私には「いいカモになりそうオーラ」があるのかな？

それなりにシックな顔立ちなのに、一度心を開き、気を許すと尽くしてしまうタイプの、「いいカモになりますよ力」を見透かされるのか、社会に出たころからとにかく利用されまくっている。

あきれたエピソードを一つ。親しい女の先輩に美術館でイベントがあると呼ばれて行ってみたら、いきなり写真を撮ろうと言う。イベントの一環なのかと思って写真を撮ったのだけど、翌月、雑誌をパラパラめくっていたら、有名な生理用品ブランドのパンティライナーの広告に、その日撮った写真が使われているのを発見した。これは一体どういうことなのかと抗議することも満足にできなかった二十代の女の子は、いつのまにか社会に出て十六年経っていた。

今、私は前とは違うカモになった。

仕事に必要な相手なら、タダ働きさせられるのが目に見えていても、いとわずに必要な範囲で一定の部分を手伝う。私が相手を必要としたときに、申し訳ないから助けてやろうかと思わせるために。善意ではない目的で近づいてくる相手をうまく避けながら、傷ついても引きずらず、その気持ちを払い落とせる今の私になった。えらいぞ、と思うべきなのだけど、世間擦れしてしまったみたいで少し寂しい。

誰かに利用されても人を警戒せず、人間への純粋な好意を失っていなかったころが懐かしいときもある。

もういいかげん慣れてもいいころなのに、うまく世間を渡っている自分の姿が不自然に思えることもある。「あー」という言葉の中に混じっている「えー」や「おー」の意味に気づけなかったあのころの自分が恋しいけれど、すっかり立派な社会人だと自嘲しながら、寂しい気持ちをのみ込んでいる。

どんなに時間が経っても育たない社会性もある。

コラムの原稿料が約束の日に入ってこなくても、電話一本できずにくよくよしていた私は、今も、きちんと入金されない原稿料があるのに、メールを送ることを何度もためらってしまう。ためらった末に送ったメールに、担当者から状況と入金の日を伝える返信があると、もうちょっと待てばよかった、と恥ずかしくなってしまう。

世慣れした私の社会性と、未だに洗練されない私の社会性。
二つの社会性を持った社会人として生きている。
このどっちつかずの社会性は、いつか一つになるのかな？

他人の視線から自由になる勇気

両親は「結婚は選択ではなく必須」だという固い考えを持っていた。娘三人の婚期が遅れることを心配した両親は、何かというと「起・承・転・結婚」という理論を持ち出した。鼻を整形したくてたまらず、形成外科に予約を入れたとき、「整形するなら戸籍から抜く。結婚してからしなさい」という父の言葉に、行き場をなくした私は予約をキャンセルした（今にして思えば、整形しなくてよかったかも）。

ひとり暮らしをしたいと言ったときにも、「結婚して出ていけばいい」という答えが返ってきた。二十歳のときから両親にいちばん多く言われた言葉が「結婚」。まるで女が適齢期に結婚しないと大変なことになるかのように洗脳しようとする両親のおかげで、結婚は選択するものではなく当然するべきこと、という認識が私にも植え付けられた。

今になって、「なぜ結婚前にアパートを借りてひとり暮らしする勇気がなかったのかな？」と後悔もする。家族といつも一緒に暮らしてきて、留学することもなく結婚して、また家族と一緒に暮らしている。

変わることのない家族と一緒に、社会に接しているという安堵感は素晴らしい。でも、ひとりで家を探し、毎月出ていく家賃にドキドキして、公共料金を払い、寂しさも感じて、ひとりで食べるおかずを用意するとか、ひとり暮らしの経験があったら、原稿のネタも今よりずっと豊富だったんじゃないか、と未練を感じたりもする。一生、家族と一緒に暮らすのに、結婚前にひとりで暮らし、自分自身を知る時間を持つ勇気がなかった。

結局、親も他人なのだけど、他人の考えや視線から未だに自由になれていない。

人は本当に他人の視線から自由になれるのかな？

他人の視線や見解から自由になって、自分らしく生きるために、どんな努力が必要なのかな？

三十七歳で結婚しないと決心した知人は、他人の視線が気になって指輪を買った。彼氏はいないのか、どうして結婚しないのか、何か問題があるんじゃないのか、一回くらい結婚したほうがいいんじゃないか、と言われるのがわずらわしくて、自分で自分の薬指に指輪をはめ、ウエディングドレス姿で写真を撮った。「私は私と結婚したの」という彼女の選択を応援している。

そんな人生を選択する前、先に結婚したお姉さんや弟さんが子どもたちを連れて家族で集まると、彼女はなぜか申し訳ない気持ちになったという。道義を果たしていないという自責の念と、でも、自分の人生なのに、好きに生きちゃいけないの、という気持ちが入り交じっていたらしい。

友達に会っても、まるで結婚が幸せの完成形でもあるかのように言う彼女たちが、育児や、夫とその家族との関係がどれほど大変かを打ち明けるのを理解できなかったという。そうして家に帰る時間になると、ほっとした表情を見せる彼女たちを前に、みんなが同じ経験をする必要はない、と思ったとか。他人の視線から自由になりたくて、友達の言葉を聞き流す練習もしたらしい。お正月休みには海外旅行をし、友達が子どもの面倒を見ている時間に体を鍛え、仕事も頑張って恋愛もしている。
ときには寂しいだろうけど、これもまた彼女自身の選択だから受け入れるしかない。ある年齢になったら大学に行き、卒業して安定した職場に勤め、結婚したら子どもをふたり産んで年を取るのが人生の正解だって、誰が言ったの？

他人の視線、特に親と家族の考えから自由になること。

今、多数派の人と違う方向に行きたいなら、
つまらない言葉に傷つかない練習が必要。

子どもは本当に大事だけれど、子どもだけを見つめて、子どもがすべて的な人生を生きたくない自分が、他人と同じ道を行きなさいというおせっかいに傷つかず、聞き流す練習。
周囲の環境に合わせて変身し、他の動物から自分を保護する動物のように、私たちも違う考えを持った他人と会ったとき、保護色で彼らと同じ考えを持っているふりをする「考

えの保護色」が必要なのかな。

ほんとに簡単なことが一つもないよね。生きるって。

でも、他人の視線から自由になろうと頑張ってるうちに、ちょっとは自分らしくなるんじゃないかな、なんて思っている。

今日が人生でいちばん若い日

友達がミニスカートを買うかどうか迷っている。脚が長くてラインのきれいな彼女に、どうして迷っているのか訊いたら、こんな答えが返ってきた。

「この年で二十歳の子みたいなカッコしてたら、イタくない？」

「ううん、全然。今日が人生でいちばん若いんだよ。六十歳になっても自分が着たいと思ったら着ればいいんだよ。あ、可愛い！」

二十歳のミニスカートに比べれば、みずみずしさはかなわないけれど、成熟美と官能美ってものがあるんじゃないのかな。したいことがあるなら「年齢」はどんなときにもネックにならない。

実は私、若いころには戻りたくないと思っている。

もちろん、十年前の私は今より若く、ピチピチで可愛かったと思うけれど、未熟でいつも不安だった。当時の写真を見ると、まなざしに過敏さや不安が感じられる。

二十代の私には、知りたいことがたくさんあった。恋愛していても、別の世界で働く男性に出会って、彼の世界を知ることが面白かった。私と違う考え、違う知識、違う言語、違う分野の話を聞くのは楽しかった。


出会いが視野を広げてくれるのを楽しんでいただけなのかな。

それとも愛だったのかな。

どちらも正解かもしれないし、どちらか一つが正解だったのかもしれない。


昔の恋人の年齢になった今、彼らが理解できる。

あのころは人生の重みが理解できず、愛が冷めたら別れを告げていたけれど。

一歳ずつ彼らの年齢を通り過ぎ、あの静かなため息の意味がようやくわかった。

過ぎてしまえばわかること。
過ぎてしまわなければわからないこと。

そういうことがある。
そういうことを知っていく、今日の年齢が心地いい。
昨日より今日のほうが若いかもしれない。
そんな気になって、にっこり笑って元気に外を歩いたら。
するかしないか迷ったら、何が何でも「する」に味方しよう。

今日がそれを始める、
いちばん若い日であることを忘れずに。

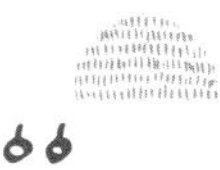

今のままでいいよ

自分が親になってから、無限に広がる子どものおもちゃの世界にまず驚き、その値段にまた驚いた。

こんなにちゃっちいプラスチックの塊が十万ウォンですって！

おもちゃ会社の企みには絶対だまされないぞと誓っても、キッズカフェや友達の家で、面白そうにおもちゃで遊んでいる子どもを見ていると、今すぐにでも買ってあげたいと思ってしまう。

チホが幸せなら私も幸せだけど、家計は決して楽ではないから、中古品を買ったり友達におさがりをもらったりして、子どものおもちゃにかかる費用を節約している。

「ねえ、おもちゃ取りにおいでよ」

ありがたい電話に気分良く出かけていって、へこんで帰ってきた。

引っ越した友達の、漢南洞（ハンナムドン）（訳注：漢江（ハンガン）北側の高級住宅地）のマンションは、素敵なんてものじゃないくらい素敵だった。華やかなエレベーターの鏡に映った自分のみすぼらしい姿に、あわててリップグロスを塗り、おみやげのパンの包みをギュッと握ってエレベーターを降りた。

ヘリンボーン床の広いリビングでアンティークテーブルに座り、カモミールティーのカップを手に素晴らしすぎる景色を見下ろした。笑ってはいても、心の中で自分の家と友達の家を比べている自分がとても嫌だった。メゾネットで、七つの部屋と三つもある化粧室（訳注：トイレ、洗面台、お風呂がセットになっている部屋）を、本当におしゃれにコーディネートしていた。

ベビーシッターにイライラして、夫に悩まされてつらいとこぼす友達を見て、こんなに立派な家に住んでるのに悩みがあるんだ、とほっとしている幼稚な自分も嫌。

おもちゃをもらって駐車場に向かうとき、デラックスなベビーカーを押しているよそのママを思わずじっと見つめ、チホと自分に置き換えたりした。チホがこのマンションでよちよち歩き、私はコーヒーを手に優雅に子どもを見つめている。

ふふっ、イケてるね。

うらやましがったら負けだと思うけれど、うらやましいんだから、もう、しょうがないじゃない。

思いっきり妬(ねた)んで家に戻り、友達の家より小さいけれど、穏やかな我が家がいちばんと、リビングの床で大の字になった。子どもがどこにいるか捜し回らなくていいし、日が差して木が見下ろせる、見慣れた我が家がいい。頑張って働く理由がいっぱいで、これから作っていく未来があるから大丈夫。妬むのはやめて、ありのままに満足する練習をしてみよう。

こうして見ると生きるって、
練習だらけだなあ。

第二章

やりたいことが
何だかわからない私へ

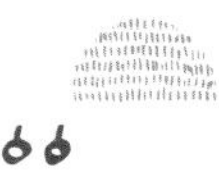

散らかった部屋を片づける前に

出産前の結婚生活が甘い「同棲ごっこ」みたいなものだったとすれば、出産後の結婚生活は、夫婦の時間と労力を使い道に合わせて仕分け、効率的に仕事・家事・育児を分担する「現実」だった。ああ……息苦しい。

チホが一歳になるまでは、夫と比べて時間の自由が利く仕事をしている私が、育児に多くの時間を割いていた。泣く子をあやし、抱っこひもを締めながら原稿の構想を練る日々。子どもが寝ている隙を見てケータイやノートにメモを残し、翌日、ほんの短い暇を見つけて原稿を書いた。以前は執筆が進まないときや推敲しているときに、ふらりと旅に出たりしたのだけれど、子どもができたらふらりとなんてとんでもない、どんなことをしてでも、与えられた状況の中で原稿を書き切らなければならない日々が続いた。

その日は普段と変わらない平凡な日だった。チホがごはんを食べないと言って泣きわめき、あらゆるおもちゃを動員して野菜を食べさせようとしていた私は、口をギュッと結んだチホに向かって、カッとして声を荒らげた。

「食べるな！　何にも食べるな！　そんなに泣くなら食べなくていい！」

食卓と床はチホが投げこぼした離乳食でメチャメチャになってしまった。怒鳴って一秒、泣いている我が子を見ながら、申し訳なさと未熟な自分への失望で、泣きながら食器棚を開けた瞬間、中にあったノンアルコールシャンパン（訳注：アルコールが入っていないスパークリングワイン）の瓶が床に落ち、ガシャガシャに割れてしまった。ズタズタの私の心みたいに四方にガラスの破片が飛んだ。

べとべとしたシャンパンはだらだら流れ、ガラスの破片は四方に散って、子どもはおいおい泣いて……。

今この瞬間、泣いている私を抱きしめ、ガラスの破片を片づけてくれる人がいてくれたらいいのに。泣いているチホのそばに行こうとしたら、右足の裏に鋭い痛みが走った。勘弁してよ。弱り目に祟り目。泣きっ面に蜂の態で、足の裏から血が流れた。

泣いているチホを抱いて、とりあえずリビングに避難したのだけれど、通り道に血の跡がくっきりついた。ガラス、片づけなくちゃ……。まさか、チホに破片が飛んだんじゃないよね？　そんなことより、ごはんちょっとしか食べてないけど、おなかは空いてないのかな？　いろんなことをいっぺんに考えて、何だかぼんやりしてしまった。とりあえずチホはケガしてないから、よし。びっくりしているチホをなだめて寝かしつけ、ぐちゃぐちゃになったキッチンをぼんやり眺めながら考えた。メチャメチャなキッチンって私の心みたい。

熱い涙が頬を伝って流れた。すべてを後回しにして浴室に行き、ぽんぽんと服を脱いでシャワーヘッドを手にした。わんわん泣いてもチホに聞こえないように目いっぱいお湯を出し、しばらく泣いた。ローションを塗って鏡を見ると、目がパンパンに腫れて赤かった。涙なのかお湯なのか見分けがつかないほどの涙を流したから、とてもすっきりしていた。はあ、生き返った。私に必要だったのは涙だったんだ。つらい気持ちを吐き出す、たくさんの涙だったんだね。

乾いて染みになったシャンパンを拭き取るのも途中でやめて、イヤホンを取り出し、ベッドに横になって音楽を聴いた。割れたガラス瓶は元に戻せないけれど、傷ついた心はこうやって癒やすことができるんだから、本当にありがたい。ガラスのかけらを避けて冷蔵庫に行き、冷えた缶ビールを取り出してプシューッと開けた。ごっくんごっくん飲み干すビールと一緒に、疲れもおなかの中に流し込んだ。

ビールをぐびっと飲んで夫にメッセージを送った。

「チホの茶碗を出そうとしたら、食器棚から瓶が落ちてキッチンがメチャクチャ。早く帰ってきて何とかして」

乱れた心を明日まで引きずったら、大切な一日がとてももったいないから、壊れた心は今日のうちになだめなくちゃね。

窓の外は濃い暗闇で満ちていた。ノートパソコンを開いて済州(チェジュ)行きのチケットを検索し、一か月後に二泊三日、一名で予約した。腕を伸ばしてストレッチしながら、クロスさせた腕で自分を抱きしめた。両手が肩甲骨に届いた。肩甲骨をトントンしながら言ってみた。

「ご苦労さま、今日も」

「明日はもっといい日になるよ。大丈夫」

自分のために思いっきり喜んでみる

「うれしいニュースともっとうれしいニュースがあるんだけど、どっちを先に聞きたい？」

「うれしいニュースをお願いします」

「瞑想メイト（訳注：瞑想するときに使用するグッズ）が手に入ったの。そしてもっとうれしいニュースは……」

「え、ほんとに？　先生、私、今うれしすぎて涙が出てるの。興奮してるから、またあとで電話しますね」


うれし涙を流している女性は、電話を切ってから感激が収まらず、無言の歓声をあげた。

優雅で美しい彼女は、なぜこんなに涙を流すほどうれしかったの？

「ジフが数学コンテストで全問正解したの」

彼女を胸がいっぱいになるほど喜ばせたのは、娘が数学コンテストで最高点を取ったというニュースだった。

これは、財閥の実話を元に制作され話題になったドラマ『品位のある彼女』のワンシーン。財閥の次男の嫁、ウ・アジン役のキム・ヒソン、彼女のセリフに共感はできるけど、限りなくもの悲しい。名門中学に入学するために有名な塾に通う小学生の娘が、数学コンテストで全問正解したという電話で、胸がいっぱいになるほど感激して涙を流すとはね！

彼女が自分自身のことでうれし涙を流した瞬間ってあったのかな？

家族のために自分を犠牲にしているのは、財閥の嫁ウ・アジンだけじゃないはず。たくさんのママたちが子どもや夫、夫の親や自分の実家のために犠牲になることは当然だって思ってる。韓国人は国民感情としては、昔から自分の楽しみのために生きることは利己的で、自分より他人（家族も結局は他人）のために生きることが正しいと思っている。だからママになると、個人的な欲求を子どもが大きくなるまで抑えるか、簡単にあきらめてしまいがちだ。

もしも家族が幸せだと自分も百パーセント幸せなら何の問題もないけれど、犠牲とあきらめで本人が少しでも不幸だと感じるならそれは大問題。「誰のせいで私がこんな目に遭ってるの」という思いにとらわれ、悔しさとゆううつが心を支配する。実際に他人のために生きているのはママだけではないはず。本当は嫌なのに、パパやママを喜ばせるために頑張って勉強する子どもがいて、家族を養うために働くパパもいる。


少しでいいから正直になろう。

「私の喜び」をぐっと抑えて我慢して、愛する人のために犠牲になるのはほんとに幸せ？　家族じゃなくて自分のことで胸がいっぱいになるほど喜んだのはいつだったか考えてみよう。バンジージャンプをしたとき？　スカイダイビングに成功したとき？　ねらっていた可愛い商品がセールに出たとき？　目標だった試験に合格したとき？　運転免許を取ったときはどう？　もしかして、免許も子どもの送り迎えのために取ったんじゃない？

今年「いちばんうれしかったこと」を思い浮かべていて、文化センターの利用登録をしようと決めた。前からカリグラフィーを習ってみたかったから。

ゆううつも伝染するし、幸せな気持ちも伝染する。たくさんの育児書がそう言っているし、私たちもそれを知っている。親がいつも怒っていたり、いつも夫婦ゲンカをしたりしている家庭の子どもはストレスに弱く、すぐに腹を立てる。一方、温和な家庭で育った子どもは、表情自体が穏やかに見える。いちばん大事なのは、自分がうれしくて幸せなら、家族もうれしくて幸せだということ。

今、ゆううつから逃げ出せていないなら、涙を流して喜べる何かを探してみよう。一週間のうち一時間でも、明け方や夜の眠りを削ってでもそうしてみよう。お金にならなくても、生産的じゃなくてもいいじゃない。胸ときめかせ、生きているって感じられるなら、それで十分だもの。

自分が幸せだと、世の中のことも幸せな気持ちで見つめられる。

私はほんとに自分を愛してるのかな

普段と変わらない一日。

子どもに軽く朝ごはんを食べさせ、服を着せて保育園に送っていき、急いで家に戻って洗濯機のスイッチをオン。掃除機をかけて適当に食事をし、食器を洗って、シャワーを浴びて出かける支度ができたころ、洗濯が終わった。洗濯物を干してからノートパソコンを持ってカフェに行き、締め切り目前の原稿を打ち込み、講義の準備をしながらサンドイッチを食べた。時計を見ると、もう午後の三時。ササッと買い物をした帰り道に子どもを迎えに行き、公園で遊ばせてから夕食を食べさせた。ソファーに座ってリビングの窓から外を見ると落ち葉がひらひら。

「今月分の管理費は引き落とされてる？　ガス代は昨日払ったし……」
口座振替の内訳を確認していたけどやめて、ぼんやり落ち葉を眺めながら、ゆっくり水を一杯飲んだ。

夫は子どもをお風呂に入れて、私は夕食の後片づけをしていて、ふと後ろを振り向いた。窓の外は真っ暗で、私は身にしみて寂しくなった。リビングは照明が明るくて、子どもは満腹でご機嫌なのかとてもおしゃべりで、ラジオからは温かい音楽が流れているのに、どうしてこんなに寂しいの？
気が抜けて、ゴム手袋を外し、本棚から手当たり次第に本を取り出してページをめくっていると、胸に何かが込み上げてくる。

私たちの胸の片隅では、いつも説明できない寂しさと疎外感がこだましている。それはどんなに親しい友達や家族でも解決できない。ヘレーネ・ドイチュ（訳注：ポーランド出身の精神医学者）は、寂しさは自分が誰かにとって、いちばん大事な人になれないと思うところから始まると言っている。（キム・ヘナム著『私は本当に君を愛しているのか？』（仮邦題）から）

そう。家族という共同体の中でも、説明できない虚しさや寂しさが、わけもなく込み上げることがある。家族でも私の寂しさをどうにかすることはできない。たくさんの人に囲まれているときのほうが、むしろひとりのときより寂しいと感じたこと、あるよね？　私だけかな。

実はこの日の寂しさは、自分が他の人にとっていちばん大事な人になれないからじゃなくて、自分自身にとっていちばん大事な人になれなくて込み上げた感情。燃え尽きたときの虚脱感が寂しさを連れてきた。何事もない平和な日常にほっとして、忘れていた感情が頭をもたげたみたい。

私は本当に自分を愛しているの？
私が本当に私を愛しているなら、私のために何をするべきなの？
そんなことを考えながらお風呂に入り、無垢（むく）な子どもの顔にキスをした。

明日は愛する私のために大好きなカフェに行って、
おいしいコーヒーを一杯、ごちそうしなくちゃ。

完璧じゃなくても平気だから

夫に育児や家事を任せるとどうなる？　毎日掃除も洗濯もせず、食事は適当に外で済ませているとどうなる？　今までつましく祝ってきた家族のイベントをスルーしたら？　あるいは、新規のプロジェクトを入社したての新人に任せたら、どんなことが起きる？

本当にどうなるかな？

家の中はメチャクチャで、家族はみんなつらくなり、プロジェクトは台無しになるのかな？　悪い嫁、悪い娘だと後ろ指をさされるの？

ところが、実際どうなるかというと、物足りなく感じることはあっても天が崩れてきたりはしない。悪い嫁、悪い娘で文句ある？　良い嫁、良い娘として生きたら、私がつらくてたまらないのに、ちょっと手を抜いちゃダメなの？

完璧であるべきという強迫観念を捨て、みんなから認められようと思う気持ちも放り出せば、体と心が楽になる。言うだけなら簡単だとあきれられるかもしれないけど、やってみれば特に難しいこともない。

子どもが離乳食を食べていたころのこと。小さく生まれた我が子は、他の子に比べて発育は遅くなかったけれど、いっぱい食べさせなくちゃという強迫観念があった。離乳食を食べたがらないチホの、固く閉じた口を開かせるため、いろんなおもちゃや読み聞かせの童話など、あらゆるものを動員してごはんを食べさせた。子どもが放り投げたものでメチャメチャになった床を片づけながら、おやつに何を食べさせようか考えていた。

一度、夫の家で何とか離乳食を食べさせていたら、姑が後ろでこうおっしゃった。

「あら、ママだと食べるのね。ね、他の人じゃダメなのよ。パパじゃ食べないわね」

一瞬、血圧が上がったかも。ママだから食べるんじゃなくて、繰り返し食べさせているうちに子どもが口を開けるタイミングがわかってくるから、うまく食べさせられるだけなんだけど。

数週間後、子どものごはんを夫に任せて他の家事をしていたのだけど、何度か、あー、あー、と言いながら、やっと二口ほど食べさせた夫が言った。

「食べないよ。俺じゃダメなんだな、やーめた」

ああ、血圧。毎日これじゃ体が持たないよ。だけど、血圧事件をよく考えると、自分でそういう状況に持っていってることが少なくない。人のせいじゃない。子どもを太らせたくて、つらくても私ひとりで食べさせていたから、夫はごはんを食べさせるのは自分の守備範囲じゃないと思って、上手に食べさせる方法を考えるなんてことをしなくなったんだもの。いつも私が食べさせるから、かわいそうに、夫は愛する自分の子どもにごはんを食べさせる機会を奪われたようなもの。

だから私は、子どもに必要な量の食事を全部食べさせようとする強迫観念を捨てることにして、子どもがごはんを食べる時間にわざと外出して仕事をした。

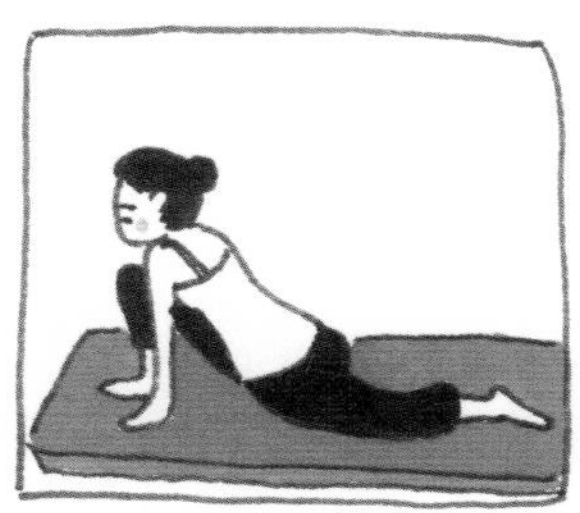

夫が子どもにごはんを食べさせるように。いや、正確には、夫がごはんを食べさせて、ふたりの時間を分け合うことで意識を共有したかった。日常生活はほとんどが反復学習の結果だもの。朝起きてトイレに行き、歯を磨いて軽く朝食を食べるといった日課を始めるための行動も、子どものころから繰り返された学習のおかげで習慣になったものだから。

突然仕事が忙しくなった時期でもあったので、一か月程度、夫にごはんを食べさせる訓練をしたら、父と息子の呼吸がだんだん合ってきて、はっきり言って、今では私よりも上手に食べさせている。

すべて自分の手でするべきで、人に任せるんじゃなく自分でしないと気が済まない、という考えは、もうそろそろ引っ込めよう。ちょっと片目を閉じて、片方の目だけで世の中を見てみよう。半分だけちゃんとするのも難しい。

完璧であるべきだという強迫観念から自由になれば、すべてが自然にうまく回りだす驚きの光景が見えるはず。家の中はちょっと散らかっても体は楽になるし、小言を言われても右から左に聞き流せばいい。

完璧であるべきだという強迫観念は捨てて、
ちょっと楽にしてあげよう、自分を。
完璧でなくても平気だから。

私ひとりくらい完璧じゃなくても、世の中はうまく回ってるから。

ささやかなプレゼントを普通の日に買う

「あ、ナイキのダウンジャケットが三万八千ウォンだって。安すぎ。チホが大きくなってから着られるように、今から買っておこうかな？」

「そんな金があるんならお前の化粧品でも買えよ。チホは着るものいっぱいあるだろ。最近チホのものばっかり買ってるぞ」

デパートですごく可愛いダウンジャケットが安かったので、思わず興奮していくつか手にしたら夫に止められた。不思議なことに子どもの服は買ってても買ってもきりがなく、足りないような気がする。

子どもの服はあきらめて家に帰りながら、「袖をちょっと詰めれば来年からでも着られそうだったのに……」と思うとちょっと心残り。次の日、ひとりでデパートに行ってダウンジャケットを触ってみたのだけれど、夫の言葉を思い出して化粧品売り場に行った。

ふと気がついた。シーズンごとに各ブランドの口紅の新商品を買っていた私が、最近は口紅一つ選ぶ余裕もなく暮らしていたということに。

ゆっくり売り場を回って新色を試してみると気分が良くなった。

「特別な日でもないのに、デパートの口紅ってのはちょっと高くないかな？」

デパートの正面玄関近くにあるロードショップ（訳注：中低価格のワンブランド路面店）を回って、ワンプラスワン（訳注：一つ買うとおまけでもう一つ商品がついてくるサービス）で口紅を二つ買った。赤味がかったオレンジと可愛らしいピンク。新しい口紅を見ていると、どうってことないのに幸せな気分があふれてきた。

明日は口紅をばっちり塗ってどこへ行こうかな。ルルララ～。

ひとり映画とひとり飯の美学

子どもを産んでから、いちばんぜいたくなことになったのは「ふたりで映画を観る」こと。以前は封切りになった映画はほとんど観ていたのだけれど、子どもを産んでからは夫とふたりで映画を観に行く時間はなかなか作れない。

子どもを見てくれる人を探すのも大変だけれど、子どもを置いて出かけるというのは気が引ける。チホが八か月くらいのころ、ついにひとりで映画を観て、映画館に来てるんだ、という事実だけで幸せで気絶しそうだった。次の日はチホがどんなにだだをこねても笑顔だった。

そういえば、子どもともとより密度の濃い時間を過ごすために、ひとりで映画を観に行くというママがいる。

大企業で課長をしているJはすべてが完璧。江南（カンナム）（訳注：漢江南側の高級住宅地）で投資用の住宅を購入して、運用がうまくいき見事にマイホームを手に入れ、子どもは男の子と女の子がひとりずつ、出産前からしっかり自己管理をしている。平日は家族の協力で仕事と家事や育児を両立し、週末にはふたりの子どもの育児に専念。出産後は彼女と夫は別々に映画を観ている。ひとりで映画館に行って、何にもわずらわされずに映画を観て、ワーキングマザーのつらさを癒やしているらしい。

仕事が終わっても、家に帰れば育児という大仕事が待っている彼女は、ひとりで映画を観ながら充電して、愛する我が子にごはんを食べさせ、お風呂に入れて、抱きしめる。自分を癒やす方法を知っているママに育てられた子どもたちは、明るくて健康そのもの。

仕事と育児に振り回されて、ひとりだけの時間が必要だと思ったら、たまにひとりで映画を観よう。いつも誰かのために働く立場から離れて、誰にも気を遣わなくていい解放感を味わおう。

ママになってわかったことの一つが、決まった時間に食べるあったかいごはんの大切さ。フリーで仕事をしていると、ひとりでごはんを食べることが多くて、以前はそれが寂しかった。けれど、近ごろは味わいながらゆっくり噛んで食べられる、ランチどきのひとり飯がとっても大事。

普段は子どもにごはんを食べさせるのが大変で、自分のごはんは冷めちゃうし、子どもがこぼした食べ物を始末していると、食欲までなくしがち。子どもの口に食べ物が入っていくのを見るのはこのうえない幸せだけど、ときには私も硬くなった食べ物じゃなくて、あったかくてしゃきっとした食感が生きているものを楽しみたい。

子どもが食べたいメニューじゃなく自分が食べたいメニューを選んで、汚した床やテーブルを拭かなくてもよくて、食べ残しをあわててお持ち帰りするためにすみませんと謝らなくてもよくて、ケータイを見ながらごはんが食べられる余裕を楽しみながら、飢えを満たすためにひたすら口に押し込むんじゃなくて、味を感じられるという事実だけですっごく幸せ。

幸せって、こんなちっぽけだけど近くにあるんだね。

ひとり飯とひとり映画は、愛する家族に「あんたのせいでごはんも食べられないじゃない」という愚かな恨み言を言わずに済ますための予防策でもある。余裕で過ごすひとりの時間のおかげで、心にも余裕ができるから。

子どもと夫が気に障ってイライラしてしまうなら、一時間でいいからひとりだけの時間を持とう。燃え尽きた感情を充電する一時間が、あなたの家庭を平和にしてくれるから。

大人にも育つ時間が必要

マンションの敷地を歩いていたら、ジーンズをはいてギターを持った女性が、しっとりした、つやのあるロングヘアをなびかせて走っていた。目が合って、ちょっと挨拶してみたら、チホと同じクラスのママだった。

二児のママである彼女がギターを持って走る後ろ姿が素敵で、見えなくなるまで見つめてしまった。子どもと一緒のときの彼女も素敵だけれど、ギターを持って走る姿から、彼女のときめきが風に乗って伝わってくる。

子どもがある程度大きくなって、よそに預けることができるようになると、習い事を始める知人が増えてくる。今年、上の子が小学校に上がり、下の子が四歳になった友達も忙しくなった。客室乗務員だった彼女は、結婚後、育児に専念していて虚しさを感じていたらしい。

子どもが大きくなって、ある程度時間に余裕ができ、何をしようかと悩んだ彼女は、とりあえず英会話スクールとジムに入会した。何をしたいのかはわからないけれど、何かをしてみたら、したいことを思いつくのじゃないかという期待を持って。

家族のために、ローンを返しながら現実に追われて暮らしていると、やりたいことが何なのかさえ忘れてしまう。もともとしたいことなんかなかったみたいに、自分の夢はあきらめた状態でひたすら走り、急に止まった瞬間、ホワイトアウト状態になる。何も考えられず、頭の中はまーっしろ。

余裕ができたら、自分のために何をする？

英語もいいし、編み物もいいし、カリグラフィーもいい。ピアノ、ダンス、ジム、ヨガ、ギターもいい。

何でもいいから始めることが大事だから。ワンシーズンだけでも習ってみれば、眠っていた欲求がじわじわと目覚める準備を始めるかも。

「妻に、週末だけはとにかくしたいことをするように言ったんだ。彼女も週に一度くらいは自分のためだけに生きないとね。だから金曜から週末までは僕が子どもたちの面倒を見て、妻は教会の聖書学校に通って、日曜学校の教師もしてるよ」

中学生の二児のママである知人の妻は、教師になりたかったという夢を教会でかなえている。

独り立ちの練習が必要なのは子どもだけではないみたい。親も子離れする練習をしないとね。小さいときは親のそばを離れない子どもにも、友達ができ、自分の世界ができるのだから。

知人から、中学生になった子どもが初めて部屋のドアをバタン！　と閉めたときのショックを聞かされ、チホが「ママ、もう僕に構わないで！」と叫ぶシーンを想像してしまう。チホが独立するために家を離れる日、軍隊に行く日などを想像すると、子どもを愛していても徐々に離れる練習が必要だと思う。時が来れば私の元を離れるチホに執着しないよう、目いっぱい習い事に熱中しなくちゃ。

子どもが育っている間、私も一緒に育たないとね。

自分を見失わずに生きるということ

またまたされた。ナビのやつめ。

ニュータウンから弘大（ホンデ）（訳注：ソウルの弘益（ホンイク）大学近くに広がる学生街）付近の出版社に行く道は知っていたけれど、最近アップデートしたナビのほうがより正確な気がして、すっかり信じた私が悪い。渋滞する高速道路を何とか通り過ぎ、漢江（ハンガン）を渡って目的地に近づくと、なぜかUターンして別の大通りで逆方向に走ってしまう。普段通っている道を来ていれば、一度でスーッと着いていたはずなのに、ナビを疑いもしなかった結果、グルグルとさまよってしまった。

いつもこう。

自分の求めているものは自分がいちばんよくわかっているくせに、人の考え、人の言葉にいつも惑わされてしまう。家族や親しい友達の言葉に揺れて、有名人の話に揺れる。他人がいいと言うほうについていくと、いつのまにか抜け殻だけが残っている。

自分を見失わずに生きるってどういうことかな。

惑わされず、
ふらふらせず、
忘れず。

好きなように生きるって、ときには闘いなのかもしれない。他人に惑わされないための闘いでもあるけれど、いちばん大事なのは、他人に惑わされることが当たり前になっている自分自身との闘い。

自分を見失わずに生きるって、もしかしたら、「着なれた服を脱ぎ捨てる勇気」を持つ練習が必要なのかも。

惰性につけ込まれないように、なじんだものたちを見回してみる。

内容は同じなのだけど、聞く相手が変わる講義がある。もう最高。特に準備はしなくても、何度も繰り返した講義だから緊張もしない。だからなのかな、出勤した瞬間、学生たちの反応が予想できて、家に帰りたくなっちゃう。

私、ほんとはこんな人間じゃないのに。コミュニケーションを取って働くのを楽しむ人間なのに。

落ち込む自分が嫌で、わざと二時間ほど早く家を出て、講義室の近くを散歩した。「今日を楽しもう、講義を楽しもう」。独りごちながら散歩すると気分は爽快。

惰性に浸ったり、寄りかかったりしない。

こういう練習が自分を見失わない第一歩なのかもしれない。

第三章

君に会って知ったこと

嫌なら しなくても大丈夫

「チホ、パン食べる?」

「……」

「チホ、ご飯あげようか?」

「うん」

「チホ、ご飯あげたのにどうして食べないの?　じゃあパン食べる?」

「……」

「チホ、朝ごはん食べたくないんだね？　嫌なら食べなくてもいいよ」

「大人になったらしたくなくてもしなきゃいけないことがすごくいっぱいできるんだよ。だから今したくないならしなくてもいいよ」

「チホ、ママにも誰かそう言ってくれたらいいな」

「嫌ならしなくても大丈夫」


「うん」

「そう。好きに生きても大丈夫」

君のおかげで私は育つ

「ママ、パパ、ママ、パパ（どてっ）。きゃっきゃっ」

チホがあんよを始めたころ。

初めて自分の足で歩いているのが不思議な感じ。寝ていてもすぐに起きて外に出たがる。よろよろと歩き、転んでも泣きもしないで起き上がり、また歩く。途中で落ち葉を拾って食べようとするし、すれ違うおにいちゃんやおねえちゃんを見て興奮し、大きな声も出す。結局どてっと転ぶくせに、とりあえず起き上がると、世界でいちばん満ち足りた表情で私を見上げる。子どもの表情が愛らしくてしばらく笑った。動画でチホの歩き初めを撮ってある。

チホ、君はとうとう世の中に二本足で独り立ちできるようになったんだね。えらいぞ、カッコいいぞ。

チホは「ママ、ぼく、立てるようになったよ。今度は歩いてみるよ。褒めてね！」とでも言うように、意気揚々と私を見る。目で会話して、大げさに手のひらにタッチしてやると、チホはパッと見にはわからない程度ににっこり笑って、私の胸に飛び込んでくる。ギュッと抱きしめて一緒に笑うと、すぐに私の腕を振りほどいてまた立ち上がる。独り立ちするために、自分の力で歩くために、起き上がりこぼしみたいに転んでも転んでもまた立ち上がる。

「チホ、ママとお手てつなごうか？」

転ぶんじゃないかと思って手をつなごうとすると、ありったけの力で私の手を振り払う。

ひとりで歩きたい。ひとりで頑張りたいんだよ。

歩く姿を見ていたら、世間を怖がっている私のほうが、二歳の子どもより情けないことに気がついた。

交差点の信号の下で、風に乗ってきたほこりの臭いに吐き気がして、子どもができたことに気づき、自然に仕事を辞めた。十数年間、一度も仕事を休んだことがなかったのに、初めてプータローになったのだ。子どもを産んでから復帰できるのか、私の後任になる人が誰なのか不安でしかたがない。

チホがあんよを始めたころは、私も仕事に復帰しようと模索中だった。

ところが、二年も休むと戻るのが怖い。

「私よりも仕事ができる人はいっぱいいるのに、私のコンテンツは最近の世の中に通用するのかな？　これじゃ復帰できないんじゃないの？」

履歴書の長いプロフィルに見合わない、やってみる前から怖がっている私より、転ぶとわかっていながら歩いているチホのほうが大人みたい。

チホはしぐさで教えてくれる。怖がらず、とりあえず一歩踏み出す勇気を持とうと。

そう、転んでもすぐに起き上がる君のあんよみたいに、私も始めてみよう。
ありがとう。君のおかげで、私は育っている。

この世でママとして生きるのは初めてだから

告白してしまうと、私、ママになるのが怖かった。どんなママになるべきかもわからないし、ママとして何をするべきかもわからなくて、何の見通しもなく、ただ子どものそばにいるべきだという強迫観念に苦しんでいた。

息を吸うだけでも暑い七月だった。私はむくみがひどくて、ちょっと歩くだけでもふらふらした。しゃべると血圧は百七十以上。妊娠高血圧症候群と診断されて「ハイリスク妊産婦」として専用病棟に入院した。そこでは三時間ごとに血圧をチェックする。妊娠高血圧症候群の患者にとって、血圧はとても重要。血圧が上がり続けると命に関わるから、早く出産するしかなくなる。

赤ちゃんに申し訳なくて自責の念に駆られ、自分の体はどうなってもいいから一日でも長く赤ちゃんをおなかの中にいさせたいと思った。だから血圧を測る二十分前からクラシック音楽を聴いて、気持ちを落ち着かせていた。二週間ほど過ぎて血圧が百四十程度まで下がり、一般病棟に移ってもいいと担当医から言われてほっとした。ノートパソコンでバラエティ番組を見ながらケラケラ笑っていて、胎動検査をしたら、胎動が弱いと言われた。不安で血圧が二百まで上がり、そんな緊迫した状況の中でチホを産んだ。

子どもは苦手だったから、出産まですっかり臆病になっていた。私がママなんて。子どもに責任を持たなきゃいけないなんて。信じられないし実感も湧かない。もしかして子どもが死んじゃうんじゃないかと思ったら、毎日涙が止まらない。六か月間、健診以外で子どもを外に出さなかったし、授乳時間もきっちり守って余裕なく過ごした。心配をよそに、チホは健康ですくすく育ち、よく笑ってよく食べ、ウンチもいっぱいしてくれる。

子どもをちゃんと育てなきゃという強迫観念と、自分自身を大切にしたいという欲求が同時に芽生えた。出産後一か月でエッセイの新刊を契約し、一か月に一、二回程度コラムを書いた。本格的に仕事を始めたかったけれど、家族のために我慢しなきゃと思い、湧き上がる欲求を抑えていた。

そうやって育児をしていたある日、すがりつくチホを無視してケータイだけを見つめる自分を発見した。これって何。いっそ仕事をしながら、子どもと一緒にいるときに子どもと目を合わせて、集中してあげるほうがいいんじゃないの？

「ママもママになるの初めてなんだもん」

だからミスもするし、知らないことがあっても当然なのに、他人のミスには寛大で、ママとしての自分のミスに罪悪感があるのはどうしてなのかな。

「生後三年間はママがいつも一緒にいてあげないと、子どもの人格形成に悪影響がある」という理論に振り回されて、子どものそばにいてあげてると思うのって、心理的に虐待してるんじゃないのかな？　今チホは、よく食べ、よく寝てよく笑い、いっぱいウンチをする健康で可愛い子に育っているけれど、ママである私だけが過去にとらわれているんじゃない？

家で子どもにゆううつな影を見せながら、毎日毎日耐えているママじゃなく、自分の仕事は逃さない、元気いっぱいの幸せなママとして覚えていてもらいたい。このままだと間違いなく「誰のおかげで大きくなれたと思ってんの、ママにそんな口きいていいの！」と叫ぶ、「償ってママ」になっちゃうと思う。

育児書はもう見ない。人によって見た目も性格も違うのに、子どもが育児書のとおりにならないとやきもきしたって何にもならない。「良いママ」と言われている友達とは距離を置いた。友達と比べながら感じていた、良いママになれないという罪悪感も捨てた。二十キロも増えた体重を減らし、また講義を始め、時間を割いて学習サークルにも出かけ、本を読み始めた。ひとりの育児が不安なときは、同じマンションの、チホと同じ年くらいの子どもがいるママと仲良くした。育児の寂しさに疲れていた彼女たちと一緒に、大きな丼でビビンバを作って食べながら、助け合って育児をした。夫には積極的に育児に参加することを要求した。おなかを隠すビッグサイズのボックスTシャツを捨てて、体のラインが出るスカートを買った。私はだんだん幸せになってる。

ママになるってことは、マルチプレーヤーになるってこと。結婚にも慣れる時間が必要なんだから、育児だって同じ。

そういう時を経てから家族と共存するために闘うなら、体は疲れるけれど精神的には幸せだと思う。一生懸命仕事をするから、チホと一緒に過ごす時間はより大切で、いっぱい抱きしめて、笑顔を見せてあげたい。

好きに生きなきゃ幸せじゃない私が、
好きに生きたら家族みんなが幸せになった。

良いママにならなきゃという強迫観念を捨てよう。
子どもを愛しているだけで十分良いママだから。
この世でママとして生きるのは初めてだから、完璧なわけがないから。

つまらない私を愛してくれてありがとう

二日連続の講義、大学での授業、原稿執筆まで入って、チホのお迎えとその後の面倒は夫に任せた。忙しい日程の中、夫が送ってくれたチホの動画を見ていたら、家に帰りたくなった。今日できなかったことは明日すればいいのだけれど、今日見逃した子どもの笑顔とまったく同じものは明日にないから、見たいときに思う存分見なくちゃね。

地下鉄に乗って、歩いて、バスに乗って、二時間で家に着く。玄関の暗証番号を押したら、子どもが駆け寄ってくる音がする。玄関を開け切らないうちに、我が子は世界でいちばん幸せそうな笑顔でやってくる。

「チホー、会いたかったよ。パパと遊んでたの？　愛してる、チュッ！」

着替えもせずにチホを抱き寄せ、チューして立ち上がろうとしたら、膝の上に座って離れようとしない。そうしてしばらくほっぺをくっつけもぞもぞしていたと思ったら、パパのところに走っていく。

「ママ、シャワーしてくるね。パパとトウモロコシ食べててね～」

シャワールームに入ると、チホがドアの前で行ったり来たりしながら叫んでいる。トウモロコシを一つ食べて、ママのシャワーが終わったか確かめて。おもちゃを一つ持って、ママのシャワーが終わったか確かめる。

子どもがドタバタしている音を聞きながら、クックッと笑って鏡を見た。穏やかに余裕を持って、私が笑っている。

前よりきれいじゃないけれど、前より余裕があるね。

今、幸せなんだね。

ひとりごとを言いながらシャワーを終え、音を立てずにドアをそーっと開けた。小さな音を聞きつけて、チホがダダダッと駆けてくる。
私なんか。こんなつまらない私なんかを、君はこんなに愛してくれるの？
ただ君のママだという理由で、いっぱいの愛をくれてありがとう。
つまらない私が、君のおかげで素敵に見える夜。

見ているだけで満たされる愛

眠っている子どもの平和な顔をしばらく見つめる。白い肌にちまっとした目、口、鼻をまじまじと観賞し、すーすーと規則正しい呼吸をしながら眠った子どもの頭をなでる。
恋愛していたころは、少なくとも私が愛した分だけ、もしくはそれ以上に私も愛されて当然だという、打算的なことを考えていた。

それって愛だったのかな？
愛でないはずはないんだけど。

それも愛のひとかけらだったよね。

「愛してる」って言っても、つんと澄まして背を向けるチホがもう可愛くて笑ってしまう。子どもへの愛と恋人への愛は、最初から大きさが違うのかな？　これから君をもっと愛するようになるのかな。

子どもが動いて、笑って、食べて、走り回る姿。ただ呼吸しているというだけで愛を感じる。チホに出会って、見ているだけで満たされる愛があるってことを知り、他人に厳しかった心が少しずつ広がっていく。

君に出会ってわかったことがいっぱいあるよ。

君のおかげで
すべてが可能になる

「地方で朝の講義は絶対無理。遠くまで車運転していくなんて、つらすぎ」

「私、子ども嫌いなの知ってるよね？　子育てなんて絶対無理」

「朝早く起きるなんて絶対無理」


こんなこと言ってた私が、チホを育てながら鍛えられたおかげで早起きが平気になった。

子どもが嫌いで、すれ違う子どもがにっこり笑っても目もくれず、前だけを見てきびきび歩いていたのに、子育てのおかげで子どもの愛らしさを知り、チホと同じくらいの子どもを見て笑うようになった。

地方での朝早い講義は絶対無理だと思っていたけれど、遅れないように一時間半前に着くようにしている。静かな田舎の夜明けを見つめながら、草緑色したブリキの門扉の前に立つ。青い屋根からゆらゆらゆらと立ち上る朝ごはんの湯気（訳注：田舎の古い家ではかまどで煮炊きをしている家がある）を吸い込みながら、ピーチクパーチク、チュンチュン、鳥の声を聞く。何て平和。

もしかしたら「絶対無理」って言葉は、しなきゃいけないってわかってるのに、怖くて避けようとする、自分を守るための強い否定だったのかもしれない。「絶対無理」という否定の言葉を、「できるかも？」「できてるじゃん？」に替えて生きてみよう。

人生が終わるまでに、どれだけたくさんのことをやり遂げられるのかな？

チホのおかげでだんだん素敵な大人になっていく気分。

君がいるから私が輝く

三歳になったチホはとっても可愛いことをする。朝起きてすぐに顔を合わせると、はた目にはわからない程度にニコッと笑う。子どもを抱っこしてその笑顔に向き合うと、私のくたびれた人生も輝きだす。

胸に顔を埋めるチホのボサボサ頭を手ぐしですく。ずっしり重いオムツを脱がせ、新しいオムツに替えて、何度も愛してるって言ってみる。

「ママはチホのこと愛してる〜愛してる〜」

抱っこして歌を歌ってあげる。子どもの明るい笑顔を見ながら、昨夜の疲れを吹き飛ばし、今日の力をもらう。あまり希望もなく落ち込んでいた心も、チホのさわやかな笑顔で元気になる。

子どもの可愛い寝起き顔を見る。黒くて澄んだ目を見ながら、おはようって挨拶できる朝が好き。今日もこの子が元気に目を開け、笑っていることに感謝する。特別なイベントがなくても、朝、目を開ける瞬間が待ち遠しくて、幸せだってこと。君が私にくれるたくさんの贈り物の中の大事な一つ。

今、私の前に君がいるからそれでいい。
今、君を抱っこして笑えるからそれでいい。
君がこの世に存在しているということだけで、
私が君のママだという事実だけで癒やされる。
大事なこの気持ちに、君が大人になってからじゃなく、
君を育てている今、気がついてうれしい。

炊飯器にも役割があるのに

昨夜、チホが豆ご飯をおいしそうに食べていたのを思い出して、豆を戻してご飯を炊き、朝ごはんにする。

ごはんがこんなにヘビーだなんて知らなかった。ごはんを三食食べるためにかける手間と、三食栄養たっぷりのごはんを用意するために、真面目に稼ぐお金の重さ。何より、子どもに三食食べさせるために、こんなふうに歌を歌って演技をするとは思わなかった。

一食くらい抜いたからってどうなんだと思うけれど、子どもが一食抜いただけで、なぜか顔が小さくなってがりがりに痩せたように感じる。ひとくちだけでも食べさせようと頑張るのだけれど、炊飯器が湯気を吐き出すと、チホの目は炊飯器に釘付け。

「チホ、炊飯器が今、一生懸命ご飯を炊いてるよ。チホの大好きな豆ご飯を作ってるんだよ。炊飯器はご飯を炊くのがお仕事、掃除機はほこりをきれいに吸い込むのがお仕事、チホのお仕事はなーに？」

隣でスプーンを持って「三匹のクマ」（訳注：韓国のポピュラーな童謡）を歌っていた夫が答えた。

「ごはんいっぱい食べて、いっぱい寝て、いっぱいウンチするのがお仕事だよなあ」

一瞬、チホがとってもうらやましくなった。

君はいいねえ。いっぱい食べていっぱい寝て、いっぱいウンチするだけでいいんだ。

ところで、私のお仕事って何かな。

炊飯器にも役割があるのに、

私の役割って何なの。

炊飯器から立ち上る湯気を見ながら、

それぞれの役割を考える。

第四章

寂しさに
とらわれないために

泣きたいときに泣ける秘密の場所

涙がどっとあふれてどうしようもないほどに頰を伝って流れるとき、ママの感情を読んでいるかのように、子どもは精いっぱいの愛嬌を見せる。ママが泣いているのにどうして笑えるのかと、一瞬うらめしかったりもするけれど、じっとその姿を見ていると、きゃっきゃっと笑いながら抱っこされる愛らしい息子に申し訳なくなる。私を慰めるためにこんなに笑ってくれてるんだもんね、もう泣きやまないと。

だけど、気持ちが思いどおりにならない日もある。

あふれる涙をぽろぽろと流してしまえる場所を探して、車で漢江に向かった。しばらく車の中で泣いたら、今は小学生の二児のママになった友達の結婚式前日を思い出した。結婚したら変わってしまう人生が怖くなり、夜中の十二時に車で漢江に行き、ひとりでチキンを食べて焼酎を飲んだという。

「泣きたいときにひとりで思いっきり泣いて、吹っ飛ばしてしまえる場所ってないんだなあ……！」

家で泣きたくても、まだママがいちばんの子どもに悲しい思いを知られたくなくて、ぐっとこらえながら泣ける場所を探す。誰にもじゃまされずに思いっきり泣ける場所を二つ見つけた（車の中はばれちゃったから、もう一つは私だけの秘密。ひとりだけで行くんだから）。

何ちゃらホルモンが時を選ばず、しなくてもいいことをきっちりしてくれるおかげで、ささいなことでも、うわーんとなっちゃう。そんなときは秘密の場所に隠れてわんわん泣いてしまうとすっきりする。ささいなことで泣いてる自分が恥ずかしくなくて済むしね。

私だけが止まっていると感じるとき

夜通し具合が悪かったチホを抱いて出勤する夫を見ながら、うらやましくもあり、嫉妬もしてしまう。

ふたりで作った子どもなのに、私だけが子どもの時間の中に留まって、頑張って積んだキャリアは遠くに行っちゃって、子どもがいても夫の生活は変わらないみたいで。最低限、キャリアは途切れないんだから。

仕事が大好きな私は、毎日通勤して、飲み会もあって、プロジェクトも任されている夫がうらやましかった。だけど、にっこり笑う子どもの澄んだ瞳、柔らかいお肌、もぐもぐしている唇、小さくてあったかい手を触りながら癒やされたりしている。

こうしてそばにいてもらえる時間はあとどのくらいかな。

もう少し大きくなったら、君はママより友達のほうが良くなって離れていくよね。

その時が来たら寂しくてたまらないから、思いっきり抱っこしてあげられる今を楽しもうと自分を励ましてみる。けれど、産後うつが襲ってくると、頑張ってる気持ちが崩れてしまう（通常三か月周期で襲ってくる）。


夫はずっと先を歩いている。

ふたりの時間の中で、夫だけがひとりで成長したのかな。

家族のためにいちばんいい選択だと思って仕事を辞めて家事に専念したけれど、仕事をあきらめなかった友達は今もきれいで、元気で、子どももちゃんと育ってる。気が抜けちゃう。

私だけが止まっていて、後れを取ってるのかな。


わけもなく泣けてきて、買い物に出かけたら子どもの服ばかり買っていた。夕食の買い物をして家に帰る途中で、年子の子どもがいる友達に電話した。

「上の子が幼稚園に行きたがらないから、毎朝演技してるの。保育園に行ってない下の子に服を着せて、さあ、保育園行こうね。あんたも幼稚園だよね？　って言ってふたりとも連れて出かけて。すごいストレス。昨日は母さんに子どもを任せて私は掃除をしたんだけど、考えちゃった。私、大学院まで出てるんだけどなあって。母さんはこんな私をどう思ってるのかなあ？　また仕事したいけど、もう何をどうしていいのかわからなくて。子どものこともあるし」

そう、そう。
そう、そう。

私だけが止まっているみたいで具合が悪かったけれど、共感して、理解してくれる同志に出会って気が休まる。人はストレスをおしゃべりで解消する動物なのかな。
止まってるのは私だけじゃないみたい。今は停滞期じゃなくて成長期かも。待ちながら熟しているから。

自分の傷の抱きしめ方

子どものころからいつも寂しかった。

上の姉は賢くて勉強ができ、愛嬌たっぷりの下の姉は、きれいで愛らしかった。末っ子の私は母の言うことも聞かず、部屋にこもって本ばかり読んでいた。弟たちの面倒を見なければならないほど貧しい家の長男である父と、そんな父に嫁いできた母が背負ってきた人生の重みは、幼い私には見えなかった。いつも寂しくて本ばかり読んでいたら、いつのまにか作家になった。

怖くてその顔色をうかがってばかりいた両親を見る目が変わったのは、結婚してからのこと。年を取っていく父の肩を見ながら、強い人だと思っていたのに、強いふりをしていただけなんだな……と思った。

いつも冷たかった母から愛されていないというトラウマを抱えて生きてきた。母も愛されたことがない人だから、愛し方を知らないのだと頭では理解していても、友達の優しいお母さんがうらやましかった。すべて自分で判断し、行動して、つらいことがあってもひとりで乗り切らなきゃならないのは大変だったけど、皮肉なことに、それで強い独立心が育って、何があっても生き残れる雑草のような人間になった。ハハハ。

父と母は生まれたときから親なのかと思っていた。当然、私より強くて、すべてを知っていると思っていたけれど、三人の子の父親になった、貧しい家庭の長男ユン・ヨンホさんと同じくらいの年齢になった私は、未だに知らないことだらけ。

一羽の鶏の丸焼きに駆け寄ってくる三人の娘と、三十代の若い夫婦が茶の間にいた。鶏肉は嫌いだと言いながら、横になって目を閉じていた母と、肉のない首と私たちが残した骨がいちばんおいしいと言っていた父が、香ばしい鶏の匂いを嗅ぎながら、何度も唾を飲み込む姿が見える。

三人の娘が出ていったあと、部屋に染みついた鶏の匂いを嗅ぎながら、ふたりが感じたのは悲しみだったのかな、それとも、子どもたちにおなかいっぱい食べさせたという安堵感だったのかな。若い両親の苦労が本当に痛ましい。

父が長男だから、私だけでも男の子だったら、母もそれほど肩身が狭くなかったのだろうけれど、私までが女の子だなんて。頑固な慶尚道(キョンサン)（訳注：韓国南東部の地域。男尊女卑的風習が根強く残っている）のお年寄りによる「男の子攻撃」に、母は苦しんでいたんだろうなあ。

「サンタになったら、子どものころの自分に何をプレゼントしたい？」

昨年、共感講座というところで私が受けた質問。ためらいもなく、五歳の私に何でもいいからプレゼントの箱をあげたいと書いて、その横にスケートを一つ描いた。

初めて姉たちとローラースケートをしに行った日、母が、妹の私は小さいからスケートをはけないと言って、姉にだけお金を渡した。スケートをはいてグルグル回る姉たちの後を追いかける、寂しかった五歳の私を抱きしめたい。

スケートリンクでただひとり、運動靴で走り回っていた五歳の私を抱きしめたい。子どもの足にスケートをはかせ、手をつないで一緒にスケートしたい。

食べていくのがやっとで、クリスマスツリーを用意できないことが理解できずに悲しんでいた私に、何でもいいからプレゼントを一つあげたい。

サンタさんにもらいたいプレゼントの絵と文章を見ていて、「チホが五歳になったら、ローラースケートでもキックスケーター（キックボード）でも、欲しがるものを買ってあげよう」と考えながら笑った。子ども用の自転車を選んでいるとき、とても楽しかった。赤い自転車に乗って面白がる息子の目を想像すると幸せだった。

愛情欠乏のトラウマが消えたのはチホのおかげ。私にそっくりな子が愛されながら幸せになっていく姿を見て、私の中で、大きくなれなかった子どもが笑う。チホにあげるクリスマスプレゼントをラッピングしながら、クリスマスプレゼントが欲しいと言えなかった、私の中の子どもも一緒に笑う。

息子を思いっきり愛したら、息子に愛してると告白すれば、
私の中の子どもは、涙を止めて大笑いする。

今、五歳で育つのをやめた私の中の子どもが育っている。

何だか嫌いな人とは距離を置く

大人になったら、人間関係が簡単なものになると思っていた。体が大きくて、でんと構えた大人なんだから、いさかい、誤解、不愉快な関係なんてなくなると思っていたのに、年を取るほどいちばん難しいのは人間関係。

人が変わるのかな、
心が変わるのかな。

昔からの友達なのに、最近、話が合わなかったりする。共感されている気がせず、感情もふたりの間の壁を突き破れない。一時はささいな日常をともにしていた無二の親友が、就職して、結婚して、子どもを産んで、少しずつ遠ざかる。どうして？

好きで親しくしているわけではなく、ただ子どもが同じクラスだからという理由だけで続く、ママ友というぎこちない関係もある。一度食事したという理由で招待されたカカオトークのグループを抜けたいのに、何か言われているんじゃないかと思うと怖くて、未読がどんどんたまっていく。

何だか嫌いな人、
何だか不愉快な人。

そういう人が周りにいると、何だか私が心の狭い大人になった気分。特にその人が大きな間違いを犯したわけじゃないのに、何だか好感が持てなくて落ち着かない。
ときには誰とも付き合いがないより、不愉快でも一緒にいるほうがいいような気がして努力してみる。いや、実は、誰とでも気安く付き合えるいい人になりたいという気持ちがあるのかも。

人によって顔が違って性格も違い、好感が持てるスタイルも違う。意味のないひとことにひとりで傷ついてストレスをためたりしないで、何だか嫌いな人とは距離を置こう。

心の広い大人になるよりも、
気楽な大人になるほうを選ぼう。

「死にたい」という言葉を口にするのは慎重に

「朝、娘に死にたいって言っちゃった。娘の気持ちも考えないで」

友達のお母さんは優しい夫にずっと尽くし、嫁いびりに耐えながら食堂で働いて、ふたりの子を育て上げた。息子も娘も結婚して、退職した夫と一緒に食堂を開き、ローンを返している。

毎日、熱い火の前で料理を作り、真面目にお金を稼いでいるけれど、毎月の利子の支払日が来るのが何と早いこと……。通帳にお金が貯まるより、出ていくスピードのほうが速くてぞっとするとか。

その日も普段と変わらない日だった。具合が悪くて、ランチの営業を終えて家に帰る前に娘に電話しながら、とてもきれいな夕焼けを見てぐすん、となった。夫が起こした事故を何とか収拾して、少しは楽になるかと思っていたのだけれど、親孝行な夫は認知症の母親を老人ホームには入れられないと言い、家に連れてきて、世話は妻に押し付けていた。

人生は、本当に退屈で長い。
ここまでやったらもう私の役目は終わったと思っていたのに。
ここまでやったらもう試練なんてないと思っていたのに。
これからの人生が今までの人生と同じくらい続くなんて。
クラッとする。

娘に電話をかけて「死にたい」と言ってから、彼女は後悔した。つらい日ばかりじゃないのに、娘に愚痴なんかこぼして。娘に自分のつらさを訴えたら、娘だってつらくなるのに。ほんと、バカみたい。すぐ泣くクセ、直さないと。

友達のお母さんだけじゃなく、誰もが「ああ、つらくて死にそう」「死にたい、マジで。

どうして何もかもうまくいかないの」など、死にたいという言葉を軽く口にしがち。つらいということをわかってほしいだけかもしれないし、深く考えて口にしているわけではないのかもしれないけれど、私たちを愛している人がそれを聞いたら、ビクッとするんじゃないのかな。あなたが死ぬことを想像したら、すごく悲しいんじゃないのかな。

思考や行動は、言葉に引っ張られていく。本当に死にたいなら、そんなに簡単に口にできない。死ぬ方法を真剣に調べて、自分が死ぬという事実を、できるだけ人に知られないようにするはずだから。

娘に死にたいと言った友達のお母さんは、電話を切って、とても美しい夕日を見ながら涙を流した。こんなに美しい瞬間があるなら、人生まだ生きてても大丈夫かもしれない。

死にたい、
生きたい、
ちょっとの違い。

離婚してもいいのかな

「決定打があれば決断できる？」

野原広子のコミック『離婚してもいいですか？』で、人から見れば平和な家庭の結婚九年めの主婦、志保は悩む。誠実で優しい夫と可愛い子どもがふたり。だけど志保は毎日離婚を夢見ている。外では優しい夫は家でひょう変し、家事にも子どもたちにも思いっきり無関心だから。子どもが熱を出していても「じゃオレ　外でメシ食ってくる」「オレいたって　役に立たないでしょ」と出かけてしまう冷たい夫。

しゃべれない小さな子が夜に泣き続けているときも、ママは怖くてしかたない。子どもがどうにかなっちゃうんじゃないかと思って、眠れない志保は夫の冷たい態度に心底寂しくなる。

みんなそうやって我慢してるって言うけど、本当にそんな生き方で幸せなの？　愛してないことなんてどうでもよくなるほど、ふたりの間の溝が深まって、会話も意思の疎通もまるで不可能なのに、家族っていう名前の関係を続けるのって正しいのかな？

子育てしながらパートで働く志保に、働いてるのは自分だけだと恩を着せるだけじゃなく、「家で子育てだけしてて楽でしょ」と言ってすぐ怒鳴る夫なんて。

実はいちばん大変なのが、家で子どもと遊ぶことじゃないの。

一分も思ったように休めないし、子どものコンディションと要求に完全に振り回されて、毎日が同じことの繰り返し、家事までやったら心と体が疲れ切ってしまう。ママたちの掲示板に「子育てだけの人生」を投稿したら、「地獄でキラキラしてるのは子どもだけ」という書き込みがあって、それが嵐のような共感を呼んでいるという話もうなずける。

子どもといて本当に遊んでるわけじゃないって、何より大変なことなんだってわかってもらえるだけで、すごく心強いのに。

愛してるから結婚して、もっと幸せになりたくて子どもを産んだのに、何だかだんだん寂しくなるなんて皮肉だな。

子どもができる前は、夫婦ゲンカも理性的で制御可能。子どもが生まれて、毎日子どもばかり見ていると、ママの睡眠、排せつ、食欲などの基本的欲求は完全に無視されてしまうから、夫への態度もきつくなる。今までのケンカが子どものお遊びだと思えるほど、深刻な状態になってしまう。素の姿を見せ合うことで、結束力が強くなったり仲が良くなったりすることもあるけれど、志保の家族みたいに距離ができることもある。


いつかは離婚しようと思って生活費を計算したり、家を見に行ったりしていた志保は「なぐられるの覚悟で言いたいこと言ってみれば」というアドバイスに従い、これまで家庭平和のためにこらえていた言葉を夫にぶつける。

「別れよう」と。

しかし、これから子どもたちと新たな人生をスタートさせようと思う志保を、今度は子どもたちが裏切る。パパと一緒に暮らしたい、と。

結局、志保は離婚できずに物語は終わり、著者は主人公についてこう語る。

「結婚すれば幸せになれると思ってた。今は、離婚すれば幸せになれると思ってる。でも、結婚して幸せになれなかったように、離婚して幸せになれるとは限らない。でも」

本当に、離婚したら幸せになれるのかな？
本当に、離婚しないほうが幸せなのかな？
わからない。何が正解なのか。
志保の家族は今、どんなふうに暮らしているのかな。

依存から抜け出す方法

名門大出身で、家庭環境も良好、優しいご両親がいて、きれいで性格もいいPの短所はただ一つ。ひとりでは何も決められないこと。恋愛中は、そんなPの短所も男性から見ると可愛いらしい。自慢の優しい彼女から頼られていると感じて、気分がいいのはよくわかる。でも、関係が深まるほど男性は閉口する。


「ねえ、お昼、何食べたらいいかな?」

「ねえ、バスで帰ったほうがいいかな、タクシーで帰ったほうがいいかな? バスって何番だった?」

「ねえ、ネイル、ピンクがいいかな、白がいいかな?」

「ねえ、コートにしようか、ジャケットにしようか？」

「ねえ、友達に会うの、今日がいい明日がいい？」

「ねえ、お菓子食べてもいい？」

「ねえ、友達にこう言われたんだけど、何て返事すればいい？」


休む間もない質問攻撃に彼が閉口し、関係は長続きせず、Pも間を置かず別の男性と付き合い始める。そうしてお見合い結婚をし、子どもを産んだPは、夫が自分を受け入れてくれなくなると、実家のお母さんに依存し始めた。


「ママ、子どもの靴下どれがいい？」

「ママ、子どもの晩ごはん何にする？」

「ママ、子どもが鼻水ひどいんだけど、病院連れてったほうがいい？」

「ママ、産後ケアセンターのママ友が会おうって言うんだけど、どうしたらいい？」

「ママ、お昼何食べたらいいかな？」


夫はだんだん家に寄りつかなくなり、実家のお母さんが同居するようになって、夫婦仲はさらに冷え切った。

実家のお母さんは、Ｐの依存を母と娘の当然の愛情表現だと思っていて、夫に対してもＰにするのと同じように干渉し始め、お母さんと夫の関係も悪くなった。個人主義的な傾向が強い夫は息が詰まり、Ｐに暴力を振るうようになった。ふたりは今、離婚調停中らしい。

Ｐはどうして誰にでも依存するのかな？　体は大人になっているのに、精神的に大人になるスピードが体についていけてないのかな？

Ｐの依存には実家のお母さんの執着が関係している。Ｐのお母さんは母親を知らずに育ち、娘には何でもしてやりたいと思っている。娘の行動すべてを決めてやることで、娘夫婦は疎遠になっているのだけれど、気にしていない。娘は日常のささいなことから勉強、進学、就職にいたるまで、お母さんのアドバイスを受けるのが習慣になっているから、何一つ自分で決められない、大人子どもになってしまった。

依存という束縛から抜け出す努力をしないと、Ｐの周りにはお母さん以外、誰も残らない。依存傾向の強い人は臆病で不安感が強い。自分の能力を信頼できないという特徴もある。

少しずつ依存から抜け出す練習をしよう。

「間違ってもいい」とセルフコントロールしながら、自分のことは自分で決めるようにする。もし、決めたことが間違っていても、自分で決めたことに責任を持つのが成熟した大人。そうすればもっと幸せになれる。

依存すればするほど周りに人がいなくなって
寂しくなるという悪循環から抜け出そう。

怖くても少しずつ、自分のことは自分で決める練習をしよう。

結婚しなくても平気

「私の友達のMね、結婚してから六か月しか経ってないのに離婚したんだって。婚姻届、出してなかったみたい。結婚してみたら、自分は結婚に向いてないってわかったって。だから夫にもよく説明して、ご両親にも話して、ひとりで暮らすことにしたそうなの」

「キャー、賢明だ、カッコいいね」

「今、家庭教師で月に五百万（訳注：五十万円程度）収入あるって。金遣いが荒いってタイプじゃないから、貯金して旅行したりもして、ローンで地方にこぢんまりしたワンルームマンション買ったらしいよ。最近、外国人と付き合ってるって言ってた」

「どうしてそんなに賢いのかな？　すごい。うらやましい!!」

結婚五年めと十年めの女のおしゃべり。

結婚したのに、どうして独身に憧れるのかな?
未婚の女性はどうして結婚したがるのかな?
絶対に通る関門みたいなもの?
結婚して子どもを産み育てる平凡な人生の関門を、みんなで一緒に経験したいのかな?
人生にまだロマンスが残っていると信じたい?
結婚して、世の中にたったひとりだけの味方を作りたい?
結婚したけど、まだよくわからない。

ひとりだと寂しくて、彼氏が必要だった人が結婚しても、もっと寂しい。ひとりでもちゃんと生きてる人は結婚しても幸せに生きてる。その理由は?

「結婚」では、寂しさを解消できないと思う。自分と同じくらいいたらなくて弱点だらけの人と一緒に暮らすのが結婚生活。

頼りたくて、寂しくて、年を取って、不安で、友達もみんなしているから結婚するんじゃない。目の前にいる人との未来が描けるとき、一緒に子どもを育てて、食事して掃除して生活しながら、誰にも見せたくない素顔をさらけ出しても平気な人に出会えたとき。その人の心の傷や弱点なんかを見ても、逃げずに手を握ってあげたくなったとき。自分ひとりでもちゃんと生きていけるとき、一緒にいていちばん自分らしくなれる気楽な人に出会えたとき。そういうときに結婚するのがいいのだと思う。

お金持ちで、家族に恵まれていて、カッコ良くて、そして条件が良くて選んだ結婚生活は、その理由が消えたらもう幸せじゃなくなるから。条件を求めずただあなたを好きになってくれる人、一緒にいるとき飾らなくてもよくて、自分らしくさせてくれる人、そんな人が現れるまでは結婚しなくても平気。

たとえ一生そんな人が現れなくても、気の合わない人とギクシャクしながら不幸な結婚生活を送るより、結婚しないで平和に暮らすほうがいいんじゃない？　年を取ったら寂しいんじゃないかと思って、気の合わない人と一生苦しみながら生きるより、結婚しないと宣言して、ひとりで生きるほうが幸せなんじゃないかな？

結婚しない主義だからって、恋愛しないで生きていくわけじゃないんだから。

結婚で得られる幸せもあるけれど、
結婚で失う幸せもあるから、
結婚は必須じゃなく選択だってこと。

もちろん、これはあくまで個人的な見解だけど。

第五章

自由に
生きるために

インスタを削除する

SNSのイメージがすべてじゃないことを知ってはいても、好奇心で他人の人生をのぞき見していると、うらやましさと嫉妬がセットメニューでついてくる。彼女は子どもを産んでから百日しか経っていないのに、顔も体もあんなにきれいで、家もおしゃれにしてるよね？　絶対にベビーシッターとか家政婦さんとかいるんだよね。

だんなさんは何してる人か知らないけど、毎日ショッピングしてるの？　チホと同い年の子どもを育ててるあの芸能人は、漢南洞に住んでいたのに、子どもを自然の中で育てたいとか言って、平倉洞（ピョンチャンドン）（訳注：ソウル北部の高級住宅街。郊外にあるため空気が良く、大企業の経営者や政界の大物などが邸宅を構えている）に引っ越したんだね。

あの家、床に子ども用のマットも敷いてないし、おもちゃもあんまりなさそうだけど、子どもが退屈してぐずったりしないのかな？

どうしてあんなに自由に旅行できるのかな？　前世でよっぽどいいことしたんだね。このカップルは旅行にお金を使って、その写真アップして稼いでるんだ。

別に可愛くもないのにね。運がいいんだね。

ひとりでブツブツ言いながらインスタをチェックして、他人の華やかな生活をうらやんで嫉妬する。時間と感情を無駄遣いして、終わりのない比較を続け、結局は不幸になる。

私は未だにむくみが残ってて、おなかもこんなにたぷたぷなのに。子どもを育てながら働いてるから、どんなに頑張っても家の中は散らかってるのに。今月は生活費をいくら絞っても旅行する余裕なんてないのに。よそのだんなさんたちはオレンジ色のラッピングでセンスのいいプレゼントをくれるのに。あの人の家ってこんなに裕福だったっけ？　インテリア素敵。あの子、お金かかりそうなところにばっかり行ってる。恵まれてるんだねえ。あれ、あの人、またピアス買ったんだ。私も欲しかったけど、高すぎてよだれ垂らして終わっちゃった。

目を凝らして、ちっちゃなケータイの中に、人生が不幸な理由を百万個も見つけてる。まばたきもしないでケータイばかり見ているから、ドライアイで目がチカチカする。人工涙液（訳注：涙に近い成分の目薬）を入れて眼球を動かし、とろんとした目でインスタを見ていたら情けなくなった。

何してんだよ、私。

人生は遠くから見ると喜劇、近くで見ると悲劇だっていうのに、遠くから見るイメージだけで自分を不幸にするなんて、私ってスチューピッド！

すぐにインスタのアプリを削除した。

のぞき見の楽しさは消えたけど、現状に満足する健康な心を手に入れた。

髪を洗ったのなら大丈夫

「先輩、大丈夫?」
二十六歳、ロングヘアの彼女がよろける私を支えた。一瞬、シャンプーの香りがふぁーっ、くらくらしている酔っ払いに気持ちのいいシャンプーの香り。ドキッとする。だから男は女のシャンプーの香りに弱いんだなあ。

きっちり結んだ私の髪は、昨日洗ったんだったか、一昨日だったたか、記憶をたどってあきらめる。

独身のころ、私も彼女みたいにシャンプーの香りを漂わせる女になりたくて、わざとすすぎを軽くしていた。エラスティンしたのー(訳注:LG生活健康社のシャンプーCMのセリフ)

と言いながら、髪をなびかせていたチョン・ジヒョン（訳注：映画『猟奇的な彼女』の主演女優）みたいになりたかった。

みんなの記憶の中で、私はいい香りのする女なのかな？　相手の頭の中は見られないのだから答えは謎だけれど、覚えているのはすすぎ残したシャンプーのせいで、髪の毛がパラパラ抜けたという悲しい事実。

今は髪の毛一本でも守ろうと、いい香りどころか漢方薬の匂いがする天然シャンプーを使って、ノープー族（訳注：ノーシャンプー族の略。日本のノープー族はお湯だけでシャンプーするが韓国では重曹や酢でシャンプーする）について研究している。子どもを育てているうちは、いい香りも何も、とりあえずちゃんと髪を洗えているならラッキー。

忙しく働いて、トイレで鏡の向こうに疲れ切った自分の顔と、ぺたぺたに脂ぎった髪の毛を見ながら、自分が気の毒に思えたこともある。二、三か月に一度は美容室でリタッチカラーをしてブラウンヘアをキープしていた二十六歳の彼女は、今では、面倒で時間もないので、元の黒髪で過ごすおばさんになった。

自然美っていいわあ。
ほんとだよ、ハハハ。
そして、今日は髪を洗ったから、堂々と髪をほどいて外を歩ける、のだそうな。

食べたいときにたらふく食べるストレス解消法

食べても食べてもおなかが空いてる。

朝ごはん食べて、おやつ食べてお昼にチーズトッポッキ食べてから二時間しか経ってないのに、おなかが寂しい。近所の教会からもらったチヂミも食べて、アイスクリームも食べて「チホのお迎え行かなきゃー」とへらへらしていて気がついた。

一週間もしたら生理だなあ。

女の体って、ほんとホルモンに正直。きっちり一週間前から食欲旺盛で、体がむくんで、普段よりイライラする。ひと月に十日もホルモンに支配されてると、コンディションによって子どもへの態度も変わってしまう。

テーブルのコップを持って、わざと床に水をじゃーっ、とこぼすチホを見ていると、自制できなくて腹を立ててしまう。

「どうしたんだろ。子どもに腹を立ててもしょうがないのに……」

自分を責めて子どもを抱きしめる。


どうやらダイエットとか言って、晩ごはんを食べてないからデリケートになっていたみたい。


食べたいときはたらふく食べる。

ホルモンに支配されてるときはなおさら。

私の心が平和じゃないと、周りも平和じゃなくなるから。

そういった意味で、またアイスクリームを食べなくちゃ。
ダイエットは明日からすることになってたの。

ささやかな掟破り

実家の両親はとても保守的。二十歳をとっくに過ぎた娘たちに、門限は夜九時、服装、言葉遣い、生活態度など礼儀作法をしつこく教え込む。もちろん、そういうしつけのおかげで得をすることもあるけれど、むしろ反抗心が芽生えてしまう。

女はタバコを吸ってはいけない、女は酒を飲んではいけない、女はバージンじゃなくなったらおしまい、遅くまで出歩いてはいけない、ミニスカートはいけない、男性の前では控えめになどなど。

女子寮みたいにいけないことずくめ。ほとんど言うことを聞いていたけれど、場合によっては反抗し、隠れて言いつけを破った。ミニスカートをカバンに入れて地下鉄駅のトイレで着替え、禁じられたことをしているという快感に浸ったり。

結婚していちばんうれしかったのは、生活のしかたに口出しされなくなったこと。だから結婚してすぐにミニスカートやショートパンツを思いっきり買い込んで、蛍光色、金具、スケルトンなど、今まで買ったことのない色や装飾、プリント柄の服を身につけた。そのせいか、結婚当初に撮った写真を見ると、ファッションがとても華やか。

人前で乱れた姿を見せてはいけないという無言の圧力に、記憶をなくすまでお酒を飲んだり、酔って乱れた姿を見せたりしたことが一度もなかった私が、子どもを持って、お酒を飲み始めた。

次の日子どもの世話をするためには、数時間のうたた寝でもしておいたほうがいいのだけれど、とりとめのないことばかり考えて眠れなくなり、料理用の焼酎を一、二杯飲み始めると、夢見心地になってしまう。飲みながらわいわいがやがや話していることが、場合によってはしらふで真面目に話す内容より深いこともあると知った。

自分をとらえていたささいな掟を一度破ってみよう。
昨日と違う姿を見つける面白さを味わってみよう。
昨日と同じように生きるより、きっと退屈しないから。

私と一緒に歩く人

「理想のタイプ？　尊敬できる人かな」
結婚前、理想のタイプを訊かれると、二十代半ばまでは尊敬できる人、と答えていた。夫というのは賢くて、すべてを理解してくれて、包容力もあって、とにかく私よりできた人だという幻想を抱いていた。結婚してわかったのは、尊敬できる人も一緒に暮らしてみると、ただの「男の人」に見えるということ。

友達の結婚生活を見ながら、どんなに賢い男性でも、家庭での姿はみんな似たようなものだということを発見した。尊敬できる人を探すんじゃなく、頼り合える人と付き合おうと考え直したら、夫候補を選ぶのがずっと楽になった。

夫になる人は父のように厳しくなく、作家としての私の仕事を尊重してくれて、何より、夫の役割、みたいな固定観念に縛られない人がよかった。

こんなに多様な時代なのに、テレビドラマでは未だに性別による役割分担を固定するような「洗脳ドラマ」を、ためらいもなく放送している。仕事ができて賢い女性が、結婚して夫の家族と一緒に暮らす。女性はおしゃれな服装で、帰宅した夫の上着を品良く受け取り、夕食の用意をする。そんなシーンを見るたびもどかしくなる。

現代社会では女性の学歴、所得、キャリアなどかなりの部分が向上しているのに、女性の幸せは夫によって決まるという認識は、どうして変わらないのかな？ どんな男性と出会って結婚するかによって、当然、女性の結婚生活や幸福度は変わるのだろうけれど、女性が絶対的に夫の生活にすべてを合わせて依存する必要はないはず。

夫に献身的で従順な日本の女性たちが、熟年になってから夫と別居したり、離婚したりするケースが多いと、日本に住んでいる友達から聞いた。一生我慢して生きてきて、年を取ってから夫と別れるなんて、若き日の時間と感情がもったいなさすぎる。

夫がお金を稼ぎ、妻がエプロンをつけて料理をするのが結婚生活のすべてだなんて、考えたこともない。夫でも妻でも、お金を稼ぐ人がひとりだというのが不思議だった。そして、お金を稼ぐのは誰々であるべき、という考え方も不思議だった。長い結婚生活の中で、ひとりがお金を稼ぎ、ひとりが家事をするというのが不公平だと感じていた。一緒にお金を稼ぎ、一緒に子どもを育て、一緒に家事をするのが、私が望む結婚生活。

つらいときはお互いの肩にもたれかかりたいけれど、一方的な関係は良くない。いつももたれかかる側の人は依存するようになり、肩を貸してやる人も息が詰まるから。

夫は寄りかかる存在じゃなく、問題が起きたら一緒に解決し、うれしいことがあったら一緒に笑いながら日常をともにする、前や後ろじゃなくて、横で呼吸を合わせながら歩く「隣の人」じゃないのかな。

そんなふうに考えれば、夫婦の関係という考え方に縛られずに、もっと自由で気楽な関係になれるんじゃないかな。

自然なのがいい

生理用ナプキンの化学物質が問題だということで、あちこちで布ナプキンや月経カップの検証が盛んに行われている。月経カップを使ってから、生理のたびにデリケートゾーンが下に引っ張られるような症状が消えたとか、布ナプキンを使ってから、生理痛や経血の塊がなくなったとか、そんな口コミを聞いて「それじゃ一度使ってみようか」と、好奇心から布ナプキンを使ってみた。

わあ、生理が始まって二十年になるけど、ようやく布ナプキンに出会えた！

今まで引っ張られるような痛みがあったのは、経血を吸収させる化学物質のせいだったのかも。不快感なく生理の期間を過ごし、経血の臭いがしないという初めての体験をした。二日めには必ず鎮痛剤を服用していたのだけれど、布ナプキンを使用してから鎮痛剤は飲んでいない。もちろん、洗濯のわずらわしさはあるけれど、洗濯の手間をかければ生理中を快適に過ごせるということに感動した。自然なのがいちばんいいんだなあ。

自然と下着にも目が向く。夫の洗濯物を取り込んでいて、トランクスはどれくらい楽なのか、ふと気になった。パンティといえば、とにかくちっちゃくて可愛くてセクシーじゃないといけないと思っていて、体が楽かどうかなんて考えていなかった。カジュアルな服装のときはセクシーな下着を、セクシーな服装のときは逆にカジュアルな下着を身につけると、ファッションは下着から始まるんだなあ、とあらためて思ったりした。

レースの下着が好きだったのだけれど、子どもができてから妊婦用の下着を見てカルチャーショックを受けた。長くてカッコ悪い妊婦用の下着がおばあちゃんのパンツみたいに思えて、小さなパンティに無理やり太った体をねじ込んだこともある。

出産後、下着のサイズが元に戻ったことがうれしくて、特に不自由も感じないで過ごしてきたけれど、布ナプキンが体に良くて快適なように、体にぴったりしない下着も楽でいいんじゃないかな?

だけど、体にぴったりしない女性用のパンティなんてあったっけ？　すぐに下着売り場に行ってみたら、ぶかぶかのパンティはさすがになくて、小さめの男性用トランクスを買って洗濯機に入れた。乾燥機から取り出したトランクスをはいてみると、これは未知の世界。締めつけられないから緊張する部分がない。

リラックスした自然の状態。
自然と体がゆるくなり、気持ちにも余裕ができる。

今まで下着を選ぶときは、体が楽かどうかより、体をきれいに見せてくれるかどうかが重要だった。硬いワイヤーで胸を持ち上げ分厚いパッドで盛って、きれいな谷間を作ることばかり考えていた。体に直接触れるものなのに、体を楽にしてあげることより、服を着たときにきれいに見えることが大事だった。これからはワイヤーのないブラをつけ、体の声に耳を傾けてみよう。
「体にぴったりの下着はつらいよ。ワイヤーが硬すぎて息ができないよ。家にいるときだけでも解放してよ」

下着はほとんど人に見せることはないのに、他人に「きれいに見せたくて」身につけるなんて、何だか本末転倒じゃないかな。

おなか回りが大きすぎて見苦しいと思っていた妊婦用の下着に再度目を向けてみる。ぽっこりおなかを締めつけずに保護してくれるこの下着は、とても美しい。

いちばん楽な状態でいられるように、体に自由を与えるべきだよね？　体を締めつけているという気分から自由になると、周りを見る目にも余裕ができる。体が自由であってこそ、気持ちも自由になるんだね。もちろん、セクシーで可愛い下着を身につけたい日には、思いっきり下着のおしゃれを楽しんでもいいけれど。

君の話を聞かせて

恋愛を始めたばかりの恋人たちは目で語り合う。
見つめ合う瞳に気持ちがときめく。
現在進行形の倦怠期にある恋人たちは目を合わせない。
同じ空間に一緒にいても、心の距離は遠い。

これから恋が始まるふたりには、すべての言葉が大切。
相手に関心が集中しているから。
会話をしながら彼の歴史を想像する。
一緒にいられなかった時間を想像しながら共感する。

関心があるから会話に集中できて、愛する人だから、自分のことを話したい。人間が持っている素晴らしい技能の一つが「会話」なんじゃないかな。言葉と声と、目と表情で、いろんな共感が生まれるから。

Kはつらい過去を恋人と共有しない主義で、前の彼氏とも深い関係になれなかった。明るい姿だけを見せたいと思っているKと、深い心の傷を共有したがっていた彼は結局別れて、数年ぶりに今の彼と恋愛を始めたK。

「つらいことまで話すべき？　隠しちゃダメなの？」

そうだね。つらい過去を話して、共有しないと関係が深まらないのかな。見せたいところだけ見せて、その状態で関係をキープできないのかな。そう考えると、自分の話を誰かに聞かせるのって、ほんと難しい。相手は聞く準備ができていないんじゃないか、こんな話をしたらヘンな女だと思われるんじゃないかと考えると怖い。疎遠になるならいっそ話さないほうがいいんじゃないかと、話す前から臆病になって、深い話をしないクセがついてしまった。

「うちの子、今朝こんなこと言ったんだけど、可愛いと思わない？」

「子どもたちの服買ったの、可愛いでしょ？」

「うちの子、最近……」

子どもを産むと、一生別れることのない恋人に出会ったような気分になるのかな。結婚して子どもを産んだ友達は、口を開けば子どもの話ばかり。カカオトークでも、電話で話しても、会って話しても、ママが子どもの話をしないのは法律違反だみたいに、必死で子どもの話をする。必死で聞く私も子どもの話をしなきゃと思って口を挟むのだけど、しまいに飽きてくる。

ほとんどの時間子どもと一緒にいて、久しぶりに友達と会ったのに、ここでもまた子どもの話……。せっかくできた自由な時間、こんなことなら書店にでも行けばよかった。出かけないで、チホを抱っこして見つめ合って頬ずりしてもよかったのに。

「ところで、最近どう？　前にまた働きたいって言ってたよね。復職できそう？」

子どもの話ばかり聞かされるのにうんざりして、思わず質問をぶつけたら、友達がようやく堰を切ったように自分の話を始めた。

ああ、子どもの話しかできないわけじゃないんだね。

君の話を聞いてくれる人が必要だったんだね。

「自分の話」をすることに慣れていない人が子どもを産んでママになると、子どもとの世界がすべてになって、子どもの話ばかりするようになる。育児は初めてだから何もかも不思議で、びっくりの連続で、つらいこともあって、話のネタは尽きないから、いつのまにか子どもの話ばかりすることに慣れてしまう。

人の話を聞いてあげるのも、
自分の話をするのも、練習が必要。

私たちはママでもあるけれど、自分自身でもあるから。
今度私に会うときは、子どもの話じゃなくて、君の話を聞かせてくれない？

それって典型的な主従関係かも

どっしりした結婚指輪を見るたび後悔する。何に惑わされてこんなに高いブランドの指輪を買ったの？　そのお金があれば旅行に行けたのに……。つけ心地の良くない指輪を義務的に数年間はめて、妊娠中に指がむくんで自然に外した。

結婚という重いしがらみから逃れ、少し身軽になった気分。以前は、指輪を見るたびに「既婚女性だから」という強迫観念と責任感をおぼえ、エネルギーのすべてを注いで与えられた役割を果たすことに集中していた。

出産して、自分の好きな可愛いデザインの指輪をはめるようになった。

ときには指輪を外して出歩くこともある。
手に何もつけていない解放感がいい。指輪をはめて仕事に出ていたときは、キーボードを叩くときじゃまになって外し、終わったらまたはめて、ということをしていたのだけれど、わずらわしさがなくなってほんとにうれしい。

指輪をしていない私。
軽い。
大丈夫。

両手が欲でいっぱいだと何も手に入らない

片手にフォーク、もう片方の手におもちゃを持ったチホが、ごはんを食べるのをやめて走りだし、おもちゃのフォークレーン（訳注：ショベルカーなどの重機）を持ちたがる。両手にはすでに物を持っているのに、それを置くのは嫌で、もう一つのおもちゃで遊びたくて。うーんうーんと言っていて、結局、大泣きしてしまった。

「チホ、手に持ってるの置かないと、新しいおもちゃを持てないよ。両手に何か持ってたら、新しいのは持てないんだよ」

聞き分けたのか、チホはすぐに持っていたおもちゃを置いた。

「チホ、ごはん食べ終わったんなら、ママにフォークちょうだい」
フォークをくれという言葉に目をキラッとさせながら、チホは楽しそうにおもちゃのフォークレーンを走らせながらそばに来て、私に抱っこされる。「ぼく、えらいでしょ?」このうえない自慢げな表情で。そう……。いつもおもちゃのフォークレーンをフォークと呼んでたね。うんうん。私だって両手じゃ足りなくて両足まで動員して、欲しいものをつかもうと欲張ってもがいたりするもんね。

今からでも、手に持ったいくつかの欲のうち、
一つだけでも手放す練習をしなくちゃ。
自由になった手で、新しい何かをつかむために。

第六章

自分と一緒に
ずっと幸せになる

身近でない人と過ごす効果

以前は本を書き、講義もして、絵も、生け花も習って、大学院にも、英会話スクールにも通って、様々な集まりにも出かけていたのに……。今は有り余ったエネルギーを使うことができず、チホの小さな変化にも敏感に反応するデリケートすぎるママになった。

「ジョンウン、一緒に行けばインスピレーションたくさんもらえるよ」

呼吸できる「穴」を求めていたとき、大学院の先輩が「見慣れない大学」に入るよう勧めてくれた。「見慣れない大学」は「自分が見ているこの世界が本当にすべてなのか」という疑問から始まったサークル。三十三歳〜四十五歳の多様な職業の人が集まっている。

このぐらいの年になれば、自分の専門分野でそれなりに経験を積んでいるから、必要なときに様々な専門知識をやり取りできるし、コラボも可能。コンサルタント、デザイナー、マーケター、デベロッパー、カヤグム（訳注：韓国琴）奏者、作家、歌手、カメラマン、税理士、建築家、会計士、ハンドメイド作家、プランナー、俳優、声優、演出家、出版人、映画人などなど。この人々が週に一度ずつ集まって、ふたりのメンバーが四十分ずつ自由に話をする。講演の専門家ではないので、ときには不慣れで、自由で、真実を語って思いを共有する中で、視野が広がり交流が深まる。

作家というのは孤立しがち。ひとりで仕事をする時間が多いので、ムダに我が強くて意地っ張りで、そのせいかほとんどが過敏で「変人」扱いされる人も多い。接する情報も限られている。干渉してくる人がいないので、知りたいことにだけ耳を傾け、読みたい文章だけ読んで、知らない人には会わない、同じことを繰り返す生活。

実は作家だけじゃなく、働いている人も主婦も、三十代を過ぎれば知らない人には会わないし、何度も同じ話を繰り返すような人生を生きている。

繰り返される退屈な日常の中で、自分と違う職業を持った人が語る言葉に耳を傾け、新しい世界に出会う。
利害関係なく出会って楽しい経験を共有し、お互いの人生を知って彼らが吐き出す生気を吸い込む。人に傷つけられて縮こまった心を治癒し、人の中で生きていく方法を学ぶ。

それまで身近でなかった人たちと一年一緒に過ごし、もらった元気で、ずっと怖くてためらっていたプロジェクトを実行することにした。しようかやめようか迷っていたことを、とりあえずやってみようと思う。

やってみて違うと思ったらやめればいい。
始めようかやめようか、迷っている間にも、
時間は間違いなく流れているから。

ダンスをしてもいいし、陶磁器やパンを焼いてもいいし、運動をしてもいい。まるで違う分野の勉強をしたっていい。

同じことの繰り返しの人生にうんざりするとき、コンテンツとエネルギーが枯渇してい

ると感じたとき、初めて出会った人と有益な会話ができる、なじみのないサークルに参加してみよう。一生学びながら生きている人たちが伝えてくれる元気のおかげで、皮膚科に行かなくてもお肌がキラキラ輝くはずだから。素晴らしい人たちがくれるポジティブなエネルギーは、人生を豊かで元気いっぱいにしてくれる。

体の声に耳を傾ける

去年から「健康に暮らす」と「体の反応に注目する」を実践している。そのうちの一つが食事に気を配ることなのだけれど、最近食べている生大根がおなかをリラックスさせてくれる。

蓮水カノンの「生大根ダイエット」を紹介した本を読んで、毎日一センチずつ生大根を食べたら、出産後、しつこく残っていた体のむくみが取れた。デトックスと消化に効果があるみたい。

体を軽くしたくて食習慣を変えた。朝、目を覚ましてすぐに肉を焼いて食べるほどお肉が大好きで、トッポッキ、チキン、ピザ、そしてパンなどの小麦粉系食品やインスタント食品ばかり食べてきた。辛くて、甘くて、しょっぱいものにハマっている間、口は幸せだったかもしれないけれど、おなかはいつももたれて下半身がむくんでいた。

マッサージに行くと、上半身よりまるまるしている下半身に驚かれ「むくんでますよ」と言われた。そのときは頻繁に通ってもらおうという営業トークかと思っていたけれど、辛くて甘くてしょっぱい食べ物を減らしたらむくみが取れたので、ほんとだったんだと思った。今は肉より魚が好きで、味付けした魚より何もつけずに焼いた魚がいい。コチュジャンや粉唐辛子、食塩ベースの味付けより、醬油ベースで薄味に仕上げた日本式の食事と生野菜が気に入っている。

それでも、好きだったものはときどき食べてあげないといけないので、人と一緒のときは辛くてしょっぱくて脂っこいものを食べる。楽しい人たちと一緒の食事なら、体に良くないものも体にいいエネルギーに変わると信じておいしく食べる。

食べ過ぎが何日か続いたと思ったら、一切味付けをしないで、ココナッツオイルで鶏の胸肉、ズッキーニ、玉ねぎ、ピーマン、パイナップル、雑穀米を二百グラム炒めて食べる。何度も炒めるのが面倒で、いっぺんに容器十個分くらい作って冷凍することもある。

適正体重をキープして、楽しいことだけ考えようと努力している。嫌なことがあれば、その日のうちに解消する。ため込んだ感情は毒素になって体を痛めつけるから。
憎まず理解し、許すことがいちばんいいとわかってはいても、自分を傷つける人を簡単に許す寛容さを見せるには、私はまだまだ若く、心が狭い。

体の声に耳を傾けると、体内の毒素が抜けて、代謝が良くなるのを感じる。一日に十冊本を読み、数時間椅子に座って仕事をしながら脚を組んだり、椅子の上であぐらをかいたりすることが多かった。そのせいで体が歪んで代謝が悪くなり、あちこち痛かったのだとわかってからは、脚を組んだりしなくなった。

体が苦しいと感じたら、十分にウォーキングをして、マッサージもして、半身浴をする。食べた次の日におなかが張ったり、何度もトイレに行くはめになったり、水をたくさん飲むことになるようなものは食べないようにする。体の反応に気を遣って食べると健康になり、健康になると顔色も良くなる。食べ物に気をつけると肌トラブルも減って、鏡を見るたび気分がいい。食餌療法と一緒に心の声や感情にも気を遣う練習をずっと続けなくちゃ。

自分の体とは長いお付き合いになるんだから、幸せに暮らすために体と心の反応に注目するのってすごく大事なことだよね？

ほんと可愛いよ、あなた

「あ、今日はとっても可愛いね」
「そんなことないよ。私が可愛いわけないじゃない」

普段と違って華やかに見える知人に、可愛いと本気で褒めたのに、戸惑って手をひらひらさせるのを見て不思議に思った。可愛いと褒められてるのに、どうしてこんなにしみったれた反応をするのかな？　笑いながら手をひらひらさせるんじゃなく、自分が可愛いと言われるなんてとんでもないという表情。

実るほど頭を垂れる稲穂かな、目立つより謙遜するべきだという韓国人の考えが、褒め言葉を気分良く受け入れるのをじゃましているみたい。

「今日のスカーフの色、可愛いじゃない？」

「ありがとう。あなたのブラウスも上品な感じ。いいことあったんでしょ」

褒め言葉を素直に受け入れて、お互いに褒め合えば笑顔になって、エンドルフィンいっぱいで雰囲気も柔らかくなる。

褒められたら、素直に受け入れよう。

何気に自尊心もアップする。

謙遜しすぎるのは、もう美徳ではないのだから。

旅するような日常

フリーで働き始めて十年になる。安定した給料を捨てて不安定な自由を選択。朝、目を覚ますと行きたいところにノートパソコンを持って移動する。ノートパソコンさえあれば、そこが仕事場になる。

梅の花が満開の春の日に、山に出かけて見事に咲いた梅の木の下にゴザを敷き、マッコリで一杯やりながら原稿を書く。漢江の川辺に座って、運動している人の横で原稿を書いたこともあるし、混雑した都心のカフェで原稿を書いたこともある。

いちばん好きなのは海辺の屋台カフェ。

だから、出版契約をした瞬間、飛行機のチケットを予約する。目的地は済州島の海。チケットの日付までに原稿を打ち終えて、プリントアウトした原稿を持って旅に出て、海辺で原稿チェックをする。原稿を一文字一文字読んで確認し、疲れたら海辺を歩く。

地方で講義があるときは、自分のための時間をわざわざ作る。去年、地方にある山の麓の研修センターで何度か講義をした。午前と午後の講義の間が三時間も空いていて、何もしないでいるのはもったいないから、樹齢数百年の木のそばにあった木製台の上にゴザを敷いて横になり、山の風を浴びながら音楽を聴いて昼寝をした。本を持ってカフェに行ったり、朝早く着いて、近所の小さな小学校でぶらぶらしたり。草緑のペンキで塗られた屋根からご飯を炊く湯気が立ち上る田舎道をひとりで歩いていると、仕事のある一日が、生きていると実感する朝が、今さら胸に迫って感動的。

地方の講義もなく、原稿の依頼が増えて忙しくなると行きつけのカフェを替える。作業に疲れたら近所を歩き、市場で買い物をする。両手いっぱいに買い込んだ食材を家に持ち帰って料理をする。おしゃれなカフェ街で買ったトマトでサラダを作り、水原（スウォン）（訳注：ソウルから一時間ほどの場所にある都市）の市場で買った豆腐でテンジャンチゲを作る。

漢江に近い市場で靴下を買う。イタリアで買い物をして料理を作ったみたいに、普段出かける先で買い物をして家で料理して、日常と旅行を混ぜている。日常を旅するように、見慣れないものを眺めるようにしたいから、なじんだものは避けている。

関係は長くなじむほど深くなり、
日常は長くなじむと飽きてくる。

倦怠に引き裂かれないように、毎日歩いていた道を避け、隣の道に頭を突っ込み、刻々と変わる雲の動きや季節によって変わる木の葉を観察する。

季節ごとに風の香りが違う。
土が乾き、湿る感じも違う。
木に花が咲いては散るのをじーっと見る。
毎日が同じじゃないから、毎日、旅するように生きられる。

せっせと自分の体を気遣う

私の記憶では、母は一年三百六十五日のうち三百四十日は具合が悪かった。物心ついてからは、いつも具合が悪くてつらい母をさらに苦しませないよう、問題が起きてもよほどのことでない限り、母には言わずひとりで解決した。私たちに問題が起きたと話した瞬間から、母は百万種類の良くない想像をして寝込んでしまう。毎朝、眠れなくてパンパンにむくんだ母の顔を見るのがつらくて、どんなに大変でもひとりで解決することに慣れていった。

こうしてみると、私たち姉妹にとって「ひとりで」解決することは当然のことだった。

両親が縫製工場を経営していていつも忙しかったので、上の姉は五歳のときからひとりで練炭（訳注：韓国ではかつて、床暖房の燃料などに使っていた）を入れ替えていた。以前は何とも思わず聞き流していたのだけれど、五歳になったチホが練炭を取り替えると思うとクラッとする。とても賢い姉だからできたのかな？

母が忙しいから、二番めの姉は腕が裂けたのにひとりで救急病院に行って何針か縫って帰ってきた。九歳の私はひとりで歯医者に行き、腐ったみたいな奥歯の治療にレジンを使うか、合金のアマルガムを使うかを決めた。自然に独立心の強い子に育った私たち三姉妹は、今も働く妻として生きている。

貧しい家の長男の嫁。その重圧で母はいつも具合が悪く、男の子を産めなかったという理由でさらに具合を悪くした。子どもを産む前の日まで働いて、子どもを産んだ次の日から働いたという母の切実な訴えも、子どもを産む前の私にはたいして響かなかった。

チホを帝王切開で出産した次の日、看護師から回復のためには自分の力で起きなきゃならないと言われた。それでなくても緊急手術で生死の境をさまよった末に出産して、まだぼんやりしているのに、ひとりで起きるだなんて。無理やり体を起こしたあとに最初に口を突いて出たのは、くそっ、という汚い言葉だった。

子どもを産んだ次の日に働くというのは、人間にできることではなかった。体はぼろぼろなのに、ごはんを作って仕事に出かけるしかなかった母の人生が頭を巡った。だから母はずっと具合が悪かったんだなあ。母は本当に寂しかったんだろうなあ。誰も共感してくれなくて。子どもをひとり産むたびに、ひと月でも誰かがそばで助けてくれて、産後ケアをしてくれるだけでも、母はあんなふうにずっと苦しまずに済んだのに。痛みを解消するために病院を転々としながら生きることはなかったのに。

「あんまりにも具合が悪いから、周りの人から子どもをもうひとり産めば楽になるって言われて。だからあんたを産んだの」

母が私に言った言葉を思い出した。「子どもをもうひとり産んでから、体が柔らかいうちに以前できなかった産後ケアをちゃんとすれば体が楽になる」という言葉を、その人はどうして言ってくれなかったのかな。悔しかった。子どもを産むと骨がもろくなり、筋肉もふにゃふにゃになって、このときに歪んだ体を元に戻すことができたら、健康になることもあるという俗説を、母は最初と最後だけ聞いてしまったのだった。

産後二日め、一生具合が悪かった母を思い出しながら、もともと体が弱かった私が、産後ケアにベストを尽くさなきゃと思ってベッドの上でじたばたしていたら、夫の母がやってきて、夫にノートパソコンを渡した。

「ひとり部屋で静かだから、ここで書類作れるね。月曜までに提案書送らないと」(夫と夫の母は同じ会社に勤めている)

ノートパソコンを見て涙がにじむ。早産で保育器の中で子どもが寝ているのもショックだし、妊娠中に体がぼろぼろになったせいで回復が遅く、トイレに行くのもつらい状態。そんな嫁の前で息子に会社の仕事をさせる姑を見て、とても寂しくなった。

母もこんな気持ちだったのかな。子どもを産んだのに、男の子じゃないからという理由で孫の顔も見ないで帰った姑の背中を見ながら、こんなふうに寂しかったのかな。

私は、冷たくわびしい風を心に浴びながら、次の日から夫が落ち着いて仕事ができるようにひとりで体を起こし、歩けるように頑張って、結局その二日後からトイレにひとりで行けるくらいに動けるようになった。

仕事をする夫のそばでぼんやりと天井を眺めながら考えた。
結婚しても誰も私を守ってくれない。

自分のことは自分で守らないといけないんだなあ。
これからは子どもも守ってあげなきゃいけないんだなあ。
ひたすら甘えてだだをこねるのは、もう私には許されないみたい。

一生、物書きで生きていきたいけれど、健康じゃないと物は書けないから、自分の体は自分で守らなくちゃ。母が産後ケアをちゃんとできなくて一生具合が悪かったから、私は産後ケアをちゃんとしなきゃと心に決めて、退院してから回復と健康管理に努めた。
体が弱い割には健康は早く回復して、今は体にいい食べ物、運動、環境、セルフコントロールに気を遣いながら暮らしている。一生具合が悪かった母親を持つ子どもの気持ちがわかるから。夫は妻が具合が悪いことに慣れて何の気遣いもしなくなるから。自分の健康を自分で守ることは、幸せになるためにいちばん大事なこと。具合が悪くて損するのは私だけだもの。

可愛く笑う自分の写真をケータイに残そう

人生で体重が七十キロ台になるとは想像もできなかったけれど、さらに衝撃的だったのは、子どもを産んでも体重が二キロしか減らなかったこと。残りはみんなぜい肉だったんだね。

みんな産後ケアセンターで痩せるというから期待していたのに、食事がほんとにおいしくて、残さずきれいに平らげていたら、体重計の目盛りも下がらない。芸能人を見ると、出産してひと月で以前のスタイルに戻り、写真を撮ったりしてるのに……。芸能人はやっぱり種類が違うのかな！　太った自分を見るのが嫌で、鏡も見ないし写真も撮らない。

服のサイズも合うものがないから、買い物してもつまらない。その代わり、キラキラ光る可愛い生命体を夢中で写真に撮り始めた。何を着せても似合って可愛いチホに、買ってきた服を着せて、着せ替え人形みたいに疑似体験している。

「先生、著者欄に載せる写真送ってください」

出版社に頼まれてケータイのアルバムから使えそうな写真を選ぼうとしたら、しばらくスクロールしてもチホの写真が終わらない。子どもは毎日、もやしが育つみたいにすくすく育つ。可愛い姿を一瞬でも逃したくなくて、保存しているうちに私のアルバムはチホだらけになった。自分はこうならないと思っていたのだけれど……。ＳＮＳには子どもの写真があふれ、カカオトークのプロフィル写真もチホで、ケータイのアルバムの主役もチホ。

その日から自分の写真を撮り始めた。パンパンにむくんだ見苦しい顔でもこれが私だから。写真を撮るようになってから、痩せるように努力した。子どもを寝かせてから食べていた夜食やビールをやめて、食事に気をつけながらの涙のダイエットの末に、二十一キロ減量し、結婚前の体重に回復した。

今、ケータイには子どもと私の写真が共存している。技術の進歩で適当に撮ってもきれいに写るアプリで自撮りすると、失っていた自信がだんだん回復してくる。出産前に着ていた服が着られる快感を味わい、痩せて軽くなった体をキープするためにスニーカーをはいてウォーキングに出かける。

こんな小さな変化を感じる今の私。素晴らしい。褒めてあげよう！

三十代の自分が好き

歪んだ体を矯正してスタイルを整えるために、マンツーマンでヨガを習うことにした。グループに入ってみんなと同じポーズをするよりは、自分の体に合う動作を詳しく習いたかった。

「二十代の私より三十代後半の今日の私がとても好き」

二十代前半から付き合いのある友達と今年の計画を話し合っていて、どちらからともなく今日の自分のほうがいいよねと言い合う。二十代の私は、若くてまぶしかったかもしれないけど、いつも不安だった。たどり着きたい目標が見えても、どうすればいいのか方法がわからず、気持ちばかり焦ってせかせかしながら、座ることも立つこともできないどっちつかずの不安にとらわれていた。

三十代になって、ほっとしている。早く社会に出たせいで、いつも子どもっぽいと軽んじられていたけど、その年齢コンプレックスから脱却できたから。だから、三十になってから誰かに年を訊かれると、堂々と「三十代です」と答え、喜びを噛みしめた。「二十代に何がわかる」という言葉をもう聞かなくて済むんだもの。

わからないとかできないとか言うのはプライドが傷つくから、力んで知ったかぶりしていた二十代とは違い、わからない、できないから覚えたいと言える三十代がいい。

傷口は、時間が経つと痛くなくなるのじゃなく、
治るのだということを知っているから、
同じ場所にずっと立ち止まらないように努力する今日が好き。
涙は流すけれど、悲しみに浸っているだけじゃない今日が好き。
笑う機会があれば、惜しみなく笑う今日が好き。

チホの前で「ハハハ」と笑った。世界でいちばん明るい笑顔で、チホが「ハハハ」と声を出して同じように笑う。子どもの肌にすりすりしながら笑える今日が好き。

チャレンジするために新しいことを探し出す今日が好き。慣れているけど退屈なことに耐えるより、不安なチャレンジに耐えるほうが、生きている実感が味わえると知っている今日が好き。

二十代に戻っても待っているのは無謀で激しい人生だから、三十代の今を楽しもうと心に決める自分が好き。

十年近く講義をしているのに、未だに緊張して不安と恐怖に襲われるとき、自分を癒やす言葉を知っている今日の私がとても好き。しわは増えたけれど、経験も増えた今日の私の年が好き。

そして、これから生きていく残りの日々も大好き。四十代の私も五十代以降の私も、その生きている瞬間にきっと地道に向き合っているはずだから。今日を幸せに過ごした私が迎える明日だから。

好きに生きても大丈夫

「もう子どもは作らないんです」

「でも、ふたりめを産んだら考えが変わるんじゃない？　子どもって育てれば育てるほど可愛いって言うよね」

「私はもともと子どもが好きじゃなかったんだけど、チホを産んでから可愛いのはチホだけ。だからいいんです」

「えー、ふたりめ産んだらその子のほうが可愛くなるんじゃない？　子どもはどうやってでも育つから、手遅れになる前にチャレンジしなよ」

「そのとおりだけど、子どもを産んだら仕事ができなくなるから。仕事してるときが幸せなんです」

「それじゃ、チホ君が寂しいじゃない。あとからひとりで寂しいって言われたらどうするの」

「人はみんな寂しいものでしょ。私なんか姉がふたりいても寂しいですよ」

「えー、それでもママには娘が必要だよ」

「ハハ。私は息子が好き。実は私、男の子とか女の子とかどうでもよくて、とにかくチホが好きなんです」

「上が男の子なら、ふたりめは女の子だよ。女は年を取ったら娘が必要だよ。すぐに女の子産みなさい」

「私、子ども産んで死にかけたから、妊娠と出産にトラウマがあるんです。ハハ。いいんですよ」

「ひとりめが難産だとふたりめは楽だよ。それにふたりいれば一緒に遊べるから親も楽だし」

「うちはどっちの親も子どもの世話ができなくて。夫婦だけの子育てだから、ふたりめが生まれたらちょっとつらいんですよね」

「子どもは生まれちゃえば何とか育つものだよ。とにかく子どもはふたりだよ」

終わりのない会話のリピート。ここまで行けば会話じゃなく暴力かも。もう子どもは産まないことにしたと言っているのに、際限なく子どもを産むことを強要するこのおばさんは、知人でも何でもなく、初、対、面、の、人。

面白いのは、初対面でもよく知っている人でも「家族の人数は最低四人」とインプットされたロボットみたいに、子どもの話が出るとふたりめを強要すること。

子どもを産み育てるのは本当にうれしいことだけど、持ちこたえるには、大変な手間と犠牲と献身が必要。私も子どもを産む前は「今みたいに仕事しながらベビーシッターを雇えばいい」と簡単に考えていたのだけれど、子どもを産んでみると、いちばん大変なのが「ベビーシッターを雇うこと」だった。私の家で、私がお金を払って、私の子どもを見てもらうのだけれど、もしかして子どもに何かするんじゃないかと疑って、シッターがいても育児と家事は私の担当。シッターを雇っているという理由で、夫も育児や家事がおろそかになる。

子どもを長い時間ひとりで放っておけなくて、誰かの手が必要だということを、子どもを産む前は本当に知らなかった。老後が寂しくないようにとふたりめを産んで、それが女の子だった友達は口をそろえて、デリケートで繊細な女の子を育てるのは大変だと打ち明ける。代わりに育ててくれるわけでもなく、養育費を出してくれるわけでもないくせに、人が苦心の末に出した結論に、どうしてこんなにムダな関心を持つのかな。

「子どもを連れて出かけたら、ふたりめを作れと口出ししてくるおばあちゃんが地下鉄にいて、今はふたりめのこと訊かれたら家に置いてきたって言ってるの」

話したくないのに話しかけてくるおばあちゃんのせいでウソまでついているという知人の話を聞いて、笑ったものの何だか寂しくなった。

「子どもを産まないと社会への責任を果たせないというのは、理解できないよね」

子どもを作らないことにして、ふたりの人生を楽しみながら十分幸せに暮らしている夫婦に、他人が、何か問題があるんじゃないか、手遅れになる前に試験管ベビーを試してみろ、年を取ったら後悔する、などと口を挟む。そんな口出しに疲れた知人は、まるで子どもを産まないことが、社会に対する道義的責任を果たしていないかのように追い詰める人たちが理解できないという。

「一度してみたんだけど、結婚は私に合わないみたい。ひとりで暮らすよ」

十年恋愛して、十分わかり合えていると思っていたけれど、結婚してふた月で離婚し、結婚という制度に身震いしているという知人がいる。彼女に対して周りの人は、努力もしないで軽率だ、他の人ならそうしない、時間が経てば考えも変わる、などと、軽はずみに再婚を強要する。

「私、結婚しないことにしたの。ひとりで長く暮らしてるから、他人と人生を共有する自信がないんだよね」

今の自由を捨ててもいいほど愛する人が現れない限りひとりで生きていくという知人は、結婚しないと大人になれない、結婚したら考えが変わる、年を取ったら寂しいなどと理由をあげて結婚を強要されている。

「働きながら子育てしてるの？　大変だね。子どもは母親が育てるのがベストなんだけど」

「家で子育てしてるの？　もう子どもも大きいんだから仕事に出ないと、家で遊んでるのもったいないよ」

どんな人生だろうが、問題は他人の口出し。黙って応援する方法を知らないのか、すぐ軽はずみに騒ぐ。他人の選択にいちいち干渉するのは韓国人だけ。

好きなように生きるために必要なのは、責任を取ってくれるわけでもない他人の無礼な言葉に傷つかず、ぶれない固い決心なのかも。

結婚や子どもに限ったことじゃなくても、したいことを話すとき、百パーセント支持されたり共感されたりすることはほとんどない。

だから、みんながダメだと言うと、私は秘かに楽しい。ダメだと信じて何もせず、つまらない人生を口でしか語れない人たちの言葉に対して、真逆の行動をするあまのじゃくみたいに好きに生きるつもりだから。

好きに生きても大丈夫。

それが何であれ、いちばん自分らしい人生を選択して、幸せに生きても大丈夫。たった一度だけのあなたの人生だから。目を閉じて、開けても「今日」は二度と来ないかもしれないから。生きている今日が、いちばん特別な贈り物だから。感謝して、許して、理解しながら、あるがままの自分を愛し、好きに生きてみよう。

その資格は十分、
ただ、私が私だという理由だけで。

著

ユン・ジョンウン
윤정은

作家。ソウル出身、慶熙大学校経営大学院卒。パーティプランナーなど様々な職種を経験し、慶熙大学校の講師をつとめた経歴を持つ。2008年『20代女性のための自己啓発ノート』(仮邦題)でデビュー、2012年に小説『甲乙の時間』(仮邦題)で「暮らしの香り 東西文学賞」を受賞。近刊は『本当はこの言葉を聞きたかった』(仮邦題)、『今のままでも大丈夫』(仮邦題)など。家庭では妻であり、母でもある。散歩しながら、とりとめもない考えを文章にするのが好き。

イラスト

マソル
ma seol

カリグラファー、イラストレーター。一般の人の日常を描いた絵柄が支持され、インスタグラムではフォロワー5万人に愛されている。著書に『マソル姉さんがいてよかった』(仮邦題)がある。

訳

簗田順子
やなだ じゅんこ

翻訳者。北海道出身。「第14回韓国文学翻訳新人賞」（韓国文学翻訳院主催）受賞。主な訳書に『+1cm』（文響社）、『最高の自分をつくる人生の授業』（ディスカヴァー・トゥエンティワン）、『サムスン流 勝利の法則27』（SBクリエイティブ）などがある。江戸時代の城下町の地図を眺めたり、ドキドキするミステリー小説を読んだりするのが至福のとき。

日本語版校正　秋山 勝、ペーパーハウス
日本語版デザイン　大悟法淳一、秋本奈美（ごぼうデザイン事務所）
日本語版編集　田上理香子（SBクリエイティブ）

好き(すき)に生(い)きても大丈夫(だいじょうぶ)

いつも人(ひと)に気(き)を遣(つか)ってばかりで 自分(じぶん)を見失(みうしな)ってしまったあなたへ

2021年9月22日　初版第1刷発行

著者　ユン・ジョンウン
訳者　簗田順子
発行者　小川 淳
発行所　SBクリエイティブ株式会社
〒106-0032 東京都港区六本木2-4 -5
電話:03-5549-1201(営業部)
印刷・製本　株式会社シナノ パブリッシング プレス

本書をお読みになったご意見・ご感想を
下記URL、右記QRコードよりお寄せください。
https://isbn2.sbcr.jp/09962/

　ISBN 978-4-8156-0996-2